博客思出版社

羊喜人家

黎清勝 著

獻給　我最親的家人

目錄

過往，未來

懷舊是美德！你正在帶大家一起來懷舊，把童年往事一點一滴的記錄下來。抓住時空的記憶，不讓時間和空間的流轉，而失去美好的事物！你的文筆流暢，涵蓋層面廣闊，必定引起廣大讀者的共鳴！

恩師　鄭文鎮

本書從第一章青瓦土牆、第二章紅磚瓦舍，到第三章路邊人家，作者生動的筆觸描寫當時生活在羊喜村莊的回憶，透過這些文字，相信可以勾起許多湖口人的記憶。書中寫到和家人之間的日常，互相包容、互相扶持，一家人緊密的情感連結，看到的不只是一家人的生活，也是在地文化的縮影。本人很樂意寫推薦序，讓讀者從文字中領略小鎮的風土民情。

志華很高興藉此介紹湖口鄉概況，本鄉人口數約八萬人，大致分四個區塊：新湖口、老湖口、湖口工業區以及營區，擔任鄉長一職深入每個村莊，湖口是個具有多元豐富樣貌的地方，有鄉下樸質的寧靜與工業城市的快速，希望讀者在閱讀本書時，體驗不同時節的湖口之美。

湖口鄉長　林志華

我的祖母是客家人，因此我也有客家的血源。我跟作者幾乎生活在同一世代，對於描寫的傳統的客家生活特別有感，也讓我回想起小時候與祖母生活的點滴。政府應該鼓勵這方面的創作，讓優質客家的文化傳承。書中提及生活在同一片土地上的人，彼此互相合作，面向未來，這是當前國家最需要的族群融合。我非常贊同作者的想法，因此推薦本書給當代年輕人，可藉此重溫父執輩的生活，像似自己多活了那些年。以開闊的胸襟面向未來，接納多元文化！

國立陽明交通大學電機系教授　陳科宏

現在我們可以輕易地使用手機拍照加定位來儲存美好的瞬間，但是年少記憶加上大腦逐漸成形中的感情，是無法言喻的甜美回憶，更何況是家族的成長累積生活回憶。作者是我大學同學，也是室友，大學時到過「路邊人家」的水泥樓房，第一次品嘗客家口味的粽子，至今仍印象深刻。

很高興閱讀室友的點點滴滴回憶，雖然我只參與室友回憶中的極小部分，但卻能完全體會「羊喜人家」的溫馨和樂，另外也發現室友的聰明原因，乃是被撞之後，功課開始變好。很高興室友能夠留下這一本精彩的生活化寫實，有點像是「佐賀阿嬤」。提醒我們感動的事，就在周遭，也是最容易被遺忘。

中央大學電機系特聘教授暨光電中心主任　辛裕明

我跟清勝都是五十多年次，在那個年代，閩客族群對我這個出生在台中市，寒暑假混大甲溪的閩南小孩是完全無感的。在拜讀清勝「非常有畫面的」文章，很意外的發現我們彼此在小時候的生活是如此的類似。三合院，田間生活，只說日語和台灣話的祖父與舅舅，在外婆家門前小水溝隨手可得的螃蟹，每天要餵豬吃的地瓜葉，似乎都可以在清勝的隻字片語看到共同的回憶，果然我們都是生活在同一片土地的台灣小孩。

客家人非常團結，注重傳統，非常孝順，而且很聰明。這是從岳母，同學，與研究所室友帶給我的深刻印象。尤其三十年前從台中市遷徙到新竹科學園區，客家文化與美食給我的衝擊很大，這些不一樣的體驗在在都讓我覺得新竹是個人文薈萃、族群融合的好地方。不過比較遺憾的是我一直埋首工作，沒有機會能夠有系統的認識客家文化，直到拜讀清勝文筆，其細膩的文字描述，完整提供讀者一個沉浚式圖像，彷彿把大家拉回到四十年前的回憶。比較難能可貴的是字裡行間不斷傳達的客家價值與文化傳承，讓讀者可以充分體認到身為客家人的驕傲，這是我從清勝的文章中獲得的最大收穫。

聯發科技　多媒體研發本部總經理　王繼輝

讀完作者的故事，讓五十年代出生的我不禁回到往日時光，歷歷如新呈現腦海中。在作者細膩文風與栩栩如生的描述中，讀者不難去想像當時生活的點滴，特別是客家文化之多元面向，從食、衣、住、行等生活中的樣態、純樸善良的性情，以及勤儉持家刻苦耐勞的傳統美德，勾勒出一篇篇讓人回味無窮的農村日記。除了推崇本書的自然樸實及耐人尋味，亦可透過作者描述，憶起五十年代農村生活貌樣。

光磊科技總經理　黃年宏

生於五、六零年代是一個幸福時代，因為承襲著父執輩的辛勞結晶，又扮演著經濟起飛的奮鬥角色，奠定給下一代更寬廣的一條康莊大道。就是需要有此般的感恩之情，記錄點滴足跡。自己的棉薄之力，可讓生命的意義永續傳承。一樣是生長在那個年代的我，也總是想著能夠留下甚麼給予後人，看了「羊喜人家」之後非常有共鳴，非常值得推薦。

顥天光電股份有限公司董事長　石文機

我與清勝是早年工作上的同事，彼此年紀相仿，也同是農家子弟出身，對於書中描述的情節相當能感同身受。很驚訝於清勝有如此豐沛的文筆，將從小的生活情節描繪的歷歷在目，好像昨天才剛發生。如果不是他對於從小生活的土地及親人有相當深厚的感情，是不可能寫的如此清晰。

書中也看到了客家人團結合作的精神，以前物質生活雖不寬裕，彼此互相幫助，精神上卻是充實的。我常想我們父母生長在物質貧乏的年代，養成了刻苦耐勞的精神。父母辛苦工作以栽培我們，我們看到父母的辛苦也從小知道要努力，我們躬逢台灣經濟起飛，科技業發展的年代，生活比以前充裕許多。到了這一代的年輕人，因為物質不虞匱乏，反而缺少了奮發向上的精神。

本書剛好適合年輕一代閱讀，可以緬懷前人的辛苦，飲水思源，惕勵自己。年紀大一點的讀來可以回味小時的生活，對於非客家族群來說，可以認識客家習俗。本書對於客家文化的介紹與保存很有貢獻。

科學園區工程師　紀曜廷

清勝叔感念、感謝、感恩父母（立順叔公賢伉儷），秉持客家人「硬頸」打拼精神。做父母的人，寧願自己生活上節儉度日，工作上再艱辛也要熬過去賺得經費，但是對小孩的養育、教育，絕不輕忽。

清勝叔對父母親為家庭的付出，銘記在心外，更以著作《羊喜人家》來代表衷心的感恩。也讓自己的子女，了解「阿太」、「阿公、阿婆」那個世代生活的點點滴滴，是那麼不容易外，更讓我們珍惜現今所有，並把握融和的情誼。清勝叔懂得即時對曾祖父母、祖父母、父母及先祖行孝順感恩緬懷之禮，對子女行惕勵教育行為，為宗族宗親學習。

此著作記錄著民國四十到六十年代前生活寫實外，更有子女對祖父母、父母長輩付出的種種回憶。勾起舊時農村子弟的共同記憶，值得大家一同來閱讀品味。

新竹縣黎姓宗親會理事長　黎永欽

羊喜人家，是作者獻給最親的家人和居住的莊頭，真摯情感的表達。篇篇都是精彩的故事，有溫馨，有熱度，足以鼓舞後代家族子弟。期盼透過這本文集問世，能讓更多人別忘記身邊的親人！

世界客屬總會秘書長　黎原胡

大弟很用心寫這些文章，讓我回憶起小時候生活的點滴，真的很感激！身為家中老大的我，小時候和弟妹間相處融洽，印象很深刻。記得我結婚時，大弟才國小四年級，轉眼不知不覺間四十多年過去了。這段時間，感激弟妹對我的付出與體諒，更感謝爸媽的養育之恩！

大姊梅英

看了你的文章後，感動的哭了。內心五味雜陳，感觸良多，農村純樸的簡單生活，家人相處和樂融融，不計較，實屬難能可貴。父母親的再苦再累，也沒有餓著子女的用心。父母恩大於天，所以我們要更加孝順父母，友愛兄弟姊妹。這本書，很值得給現在孩子們的學習教材，值得大家分享。

二姊秀連

大弟很用心寫得有聲有色，回想小時生活一點一滴猶記在心。姊弟我排行老三，我沒吃到苦，因我有親愛的父母親的疼愛。我一生中最感驕傲的是爸媽雖沒有受過高等教育，卻能教養出那麼好的子女。爸媽的恩情，我感恩在心。姊弟們更要珍惜感恩，今生有緣成為一家人。

三姊秀春

靜下心，閱讀這本書，記錄著過往歲月的痕跡。小時的回憶，姊弟間的扶持，父母辛苦的養育我們，才能有今日的你我。很值得現在子女認真仔細去讀，因而更加感念父母恩，感念兄弟姊妹情！能成為一家人，珍惜得來不易的緣份！

小姊姊秀菊

這是一本記錄過往時事的書籍，書裡有歡笑、有淚水、還有小時候的點點滴滴，讀後讓我憶及過往，感謝哥哥用心的寫作，讓我們都有很好的回憶。我推薦四、五、六年級生，也一起來重溫生活在那一個年代的感覺！

弟弟文勝

自序　溫暖的家

我們有個溫馨可愛的家。客廳的一角，擺放一張檜木的長方形餐桌，它是深褐色的木質花紋。正上方的天花板，垂掛著紅藍黃三種顏色的酒杯形吊燈，由高而低依序的排列。餐桌的牆面，有一塊約二公尺正方形的鏡子。吊燈一打開，在鏡面反射下，溫柔的燈光讓餐桌頓時更加溫暖和明亮。

我們這小家庭共有四個人，我、良妻、一個大女兒庭庭，及一個小男生樂樂。在各自忙碌的生活中，我們會利用在餐桌上吃飯的時間談天說地。這本《羊喜人家》，就是收集這些餐桌邊聊天，我的小時候生活在羊喜村莊的回憶。透過這些回憶，可以提供一個視角，呈現那個年代的生活。

這個得天獨厚且非常美麗的村莊，位於羊喜窩的山下。在台一線縱貫路旁，與波羅汶溪交會的地方。波羅汶溪，提供村莊最初開荒拓地所需的水源。村莊臨河而起，南面正對著波羅汶溪，其他東西北三面，被竹林所環繞著。竹林之外，周圍全都是農田。從羊喜窩的山頂俯瞰，整個村莊佔盡地利之便。外貌輪廓儼然像一座城堡，以竹林當作城牆，而波羅汶溪為護城河。

在石門大圳完成後，引水圳到村莊的東北角分流。一股水流過村莊的東邊，與波羅汶溪合流。另一股水，從村莊的北邊，流向西邊，再與波羅汶溪水會合。此時，整個村莊外圍，被二股水包圍，從人類選擇棲息地的角度看，是最適宜居住的環境。

自序　溫暖的家

我的曾祖父母很有眼光，選擇在此交通要道及水源地旁定居下來。這裡與台一線相近，往來方便。四週農地，緊臨溪邊，有如此好的生存環境。在天時、地利、人和的互相搭配，辛苦工作必能有所獲，全村莊的後代子孫，也得以衣食飽足。

一百多年來，我的曾祖父的四個兒子，及其後代家族在此安身立命。我出生時，一起與我的祖父住在村莊三合院左二側的「青瓦房」。我的祖父有三個兒子，青瓦房空間不足及獨立分家。我與爸爸住進了青瓦房旁加蓋的「紅磚瓦房」。之後，我們家姊弟們陸續長大，爸爸選在村莊外圍靠近馬路邊，蓋了二層的水泥樓房，因此我們家成為「路邊人家」。一直到高鐵興建及底下的馬路擴寬，我們家才搬離這個村莊，在自家的田地蓋起新家。

我是非常幸運的一代。前幾代的長輩，都是吃蕃薯籤長大的。世代務農，靠天吃飯。當波羅汶溪水源不足時，只好種地瓜，蕃薯籤就成為他們那一代的共同記憶。我出生時正好碰到石門水庫建成，石門大圳的水源，讓農村環境有了很大的改變，部份田地開始種稻。

種稻使用人工，體力活特別多，我還小所以不必做田事，沒吃什麼苦。耕田的收入讓家庭生活條件，逐漸的變好。又剛好遇到實施九年國民義務教育，有了上學念書的機會。早出生幾年，恐怕只有做苦力的份了。經濟狀況的大幅改善，反應在居住房屋。在小學及國中階段，我先住在青瓦泥牆的房屋，然後住在旁邊加蓋這紅磚瓦房。到了高中階段，我們換新家住現代化的水泥樓房。短短二十年時間的變化，可相抵之前好幾代人，才能夠累積的改變。這麼特殊的這一代，有機會經歷這樣劇烈的轉變，親身參與進步的軌跡，只說是很幸運。

回憶在那一個村莊曾經生活過的人，曾經發生過的事，以了解生活在那個時代的感覺，重新與那個時代的人對話的一段歷程。更深層的意義，不只是看到一代人的生活，而是一個傳統的文化的縮影，投射在這個村莊上。

我所認識這個村莊的人，是那麼的善良。有儒家「修己內省」的觀念，落實在生活上，要求自己刻苦，只要勤勞耕作，就不怕沒飯吃。有道家「敬天法祖」的觀念，天地為大，人應該順應天理，拜祭祖先。有佛家「活在當下」的觀念，每一件事都是美好生活的實踐。而「儒道佛」是中國傳統價值體系，最重要的構成要素。

傳統文化，在上一代的生活中親身實踐，是最有溫度的文化傳承方法。幾千年來「儒道佛」文化資產，代代相傳，鑲嵌在我們血液裏，就像是一個大染缸，只要是在這一片土地成長，都能受到滋潤而成長。

一百多年來，這個村莊平淡質樸，有著大自然最真實的美。我的曾祖父母的後代家族，在這裡過著「日出而作，日落而息」的生活。每天接觸的是地瓜、稻米、青菜和各種農作物，看到的是需要務實的耕耘。長輩的汗水，換來生活的豐衣足食和生命的傳承。在鹹裏透苦的歲月，辛勞是生活的日常，但伴隨著一份單純的快樂。儘管身處艱困的環境中，每個人都還是那麼的勤奮的工作。即使大家或多或少有些小缺點，像是太節儉，「省的像老油條」，也變得可愛了，正是那個時代共同的過去。

自序　溫暖的家

這個村莊有大人慶祝豐收的談笑聲、孩童玩耍的嬉鬧聲、雞啼、狗吠、牛鳴、豬叫的背景音樂等，彷彿是一座人生的舞台。當他們面對著人生各式各樣的問題，上演著不同的解決方法。不管結局如何，其中都參雜酸甜苦辣的味道，但一切都是美好的。

那是個距離我們說近不近，說遠不遠的時代。透過文字，在我的眼前是一個懷舊的時光。記錄在這裡的生活，對於未曾經住過的人，看那個時代生長的人，是怎麼樣的生活；或曾經住過的人來說，重溫一下這感覺。就好像撥開一層面紗，前往陶淵明心中的世外桃源，或是柏拉圖心中的理想國。彷彿是看見一群善良又單純的人們，一起為他們自己美好的生活打拼。

從回憶中尋找內心最原始的感動，在生命中閃過的畫面，加以梳理記錄，就能從有限創造無垠，讓它隨著時間而奔流。回憶過去，追溯觸動內心的畫面，讓自己感恩。在當下，能接受現在的自己。面對未來，探索怎麼樣讓自己過的更好。當我提筆寫時，像是踏上回首往事的一趟旅程。在未來的時間，回首一眸，將充滿了喜悅。

生命是連續的，經歷過的人事物，是我生命的一部分。我的兩個小孩，他們是我生命的延續。我的過去，他們來不及參與，但是可以藉由這本書而知曉，就像多活了這些年！當他們有一股好奇心在看這本書時，我覺得花費這些撰寫的時間很值得！

這也是要獻給 我最親的家人，他們都對我照顧備至，是我最感恩的人！ 記住他們的好，讓我的小孩也知道，我們這個家族是如此有緣又有情的一家人。

第一章　青瓦土牆

1．羊喜人家
2．青瓦常青
3．媽媽的青春
4．庭院滿芬芳
5．家門前的小溪
6．溪邊的菜園
7．村莊的伯公
8．京兆堂傳家

羊喜人家

「羊喜人家」是我小時候的記憶。記得小時候跟媽媽到湖口老街買生活用品，常常聽到媽媽跟店裏的老闆的這一段對話。

老闆問說：「你們是住在哪裡啊？」

媽媽很和氣的回說：「就在縱貫路，羊喜窩山下的人家。」

老闆回說：「哦！你們就是住在羊喜窩的那一個大村莊，時常有見到你們的人到我的店來買東西，都客客氣氣……。」

縱貫路，是台灣三百年來第一條貫穿南北的縱貫馬路。它是一條連接南北的大動脈，負責運送各種資源，將台灣連成一個生命的共同體。縱貫線北起基隆，南抵枋寮。向南過了長安之後，道路兩旁種植成列的相思樹，來到了羊喜窩山下，一腳跨越了波羅汶溪。縱貫線在波羅汶溪前有一分支線，稱為湖中路。湖中路通往新湖口，沿路兩旁都是綠油油的農地。

羊喜窩是昔日竹塹八大庄之一的湖口庄東南的一個山間小溪谷，旁邊還有北窩、南窩及糞箕窩。在客家話中，湖為山間小盆地，窩為小溪谷。從羊喜窩山上，流過我們家族村莊前面的這條小溪，稱為波羅汶溪。

每個地名的由來，都有其歷史文化的淵源。相傳羊喜的由來，有個美麗的佳話。最早此地住著平埔族的原住民，而從大陸來此地墾荒的先民，為了求生存，便把家中飼養羊隻，贈與當地平埔族的原住民以敦親睦鄰。當地原住民「得羊心喜」而讓與部分荒地，而先民「因羊躲避危險而喜」，而取名為「羊喜」。這是先民與原住民在這一片土地上，體現和諧共存，互補有無生活共同體的一樁美事。

羊喜窩位於「湖口庄」東南。而「湖口」名稱的由來，是依舊時景觀，為眾多「湖及溪谷之出水口」而得名。湖口四週環繞之湖，「頭湖、三湖、四湖」，及溪谷，「羊喜窩、北窩、南窩及糞箕窩」。因此隸屬於湖口庄的羊喜窩，有山有水，可提供生活所需的資源，正是先民想選擇安身立命的好地方。

在羊喜窩山下，台一線往湖中路方向。在湖中路左邊路旁的農地中，有一個村莊。這個村莊，南邊對著波羅汶溪。其他東西北三邊，被竹林環繞著。竹林的外圍是一大片的農田。村莊的中心為「三合院」的聚落型態。三合院的正廳，座北朝南，剛好正對波羅汶溪。溪流的對面是一大片黃梔花田。

這個村莊，有四個出口。南邊出口，穿越波羅汶溪，往上游經過水壩頂，走田間小路到達羊喜窩站牌。北邊竹林出口，有田間道路供車子通行，連接到湖中路。西邊竹林出口，是一座「土地公廟」，旁有一個埤塘蓄水。東邊竹林出口是「溪邊的菜園」。

這個村莊，屬於地形的高處，被二股水源圍住。第一股水源，來自於村莊東邊，河邊菜園旁的水壩，在旁開闢水圳，引來波羅汶溪的河水。在石門水庫未興建前，這條水圳是村莊的命脈。水圳從村莊的前面通過，過了村莊後，在竹林中蜿蜒而行，最終流到土地公廟旁埤塘。埤塘存水，灌溉下游階梯式的農地。下游農地的盡頭，還有一個大埤塘，接收灌溉剩餘的農地用水。

另外一股水源來自於石門大圳。大圳到台一線與湖中路的交叉處，在湖中路兩旁，分出二條水系。沿著湖中路右邊的水系，直通新湖口。另一沿著湖中路左邊的水系，流到村莊的東北側。

村莊的東北側水源，再分出二條小水系。一條在村莊東側竹林外圍流過，在河邊的菜園與波羅汶溪水合併。另外一條在北側竹林外圍流過，轉向西側，流進土地公廟旁埤塘。

這個村莊三合院的整體景觀，並非一蹴可幾，經過曾祖父、祖父及爸爸三代人胼手胝足才建構成。三合院的正廳，面對波羅汶溪，共有六間房間，作為客廳、臥房及廚房等，這六間房間正好排成一字形，外貌如「一條龍」，是三合院的正身。當家族人口逐漸興旺，房間不足，就在一字形的兩側加蓋起左右廂房，如一條龍的左右護身。所以左右廂房亦稱為「左右護龍」。

正廳前的空地，為內禾埕，是曬稻米或農作物的地方，也是小孩活動的場所，或辦桌請客之用。一字形與左右廂房的建築，加上內禾埕的空地，整體外貌呈現ㄇ字型的三合院景觀。隨著曾祖父的兒子，長大成家，在左右廂房往外擴展起厝，蓋起左二、及右二廂房。

除此之外，因為內禾埕已不敷需求，在內禾埕前增加一個外禾埕，中間建一道有門的磚牆。在外禾埕兩側加蓋牛欄及畜養家禽的棚舍。在右二廂房外，與外圍竹林間開闢大菜園。菜園旁的巷仔路以玉蘭花及朱槿當圍籬。左廂房與左二廂房，以朱槿當界線。左二廂房外，與外圍竹林間種植榕樹，及加蓋畜養家禽的棚舍。一個幾乎左右互相對稱的村莊於焉成形。

三合院的建築及家族中成員住處的安排，有著傳統文化的影子。建築外型是傳統對於「宇宙」的觀念。傳統的文化中，小至個人，大至居住的房屋，村莊都可視為一個小宇宙。而宇宙萬物的通則，各種事物間離不開陰陽的二元特性，才能生生不息。三合院的正廳為一條龍屬陽，而兩側護龍，與內禾埕搭配屬陰。所以三合院的外型設計就蘊藏陰陽相生的深層內涵，希望村莊能夠人丁興旺。

而家族中成員住處的安排，也是依傳統從「禮」的觀念出發，最終達成「家和萬事興」的目標。羊喜村莊，就如一個小型的社會，而且左鄰右舍都有一層血源相近的緊密關係。自古以來，「禮儀持家」，是維持群體生活正常運作的最小成本。人與人之間關係是以禮相待，長幼有序。進而衍生出「左尊右卑，內尊外卑」之分，家族中成員依此安排住所，便無爭議。家族的最長者曾祖父母與我的大伯公家族居三合院正身，而我的二伯公家族居左一廂房，三伯公家族居右一廂房，其後再蓋右二廂房。我的祖父是曾祖父母的老么，大家尊稱小伯公居左二廂房。

此外，取名字也有依傳統，同輩名字，字首或字尾排以相同的字。很多時候看名字，就能知道誰跟誰是同一輩人，這是中國文化一個很特別的地方。住在隔壁的叔叔們，他們家族同輩，取名字就有一個「增」字。我們的這一支家族，祖父是最有權威取名之人，幫我的爸爸這輩，取名字有「立」字。幫我的姊弟這一輩，女孩普遍有「秀」字，男孩有「勝」字。名字除了帶有輩份的訊息，還承載著長輩對下一代人的希望，寄託在名字裏。

從行於外的規範，在內化成心中的做事準則，是文明能進步的重要原因。長輩們談論要如何解決事情時，總是聽到他們說：「這樣做，有沒有這個禮？」我知道長輩們很尊重傳統，偶有爭議時，先看看之前是否有先例可循。若有，則可以比照辦理，若無，則從相近的慣例，再稍加修改。難怪這個村莊給外人的印象，總是客客氣氣的！

村莊的四週都是農地，家家戶戶有自己的一塊田地及菜園。平時會互通消息，打聽何時該播種？何時該收成了？耕種與收成，都需要大量的勞力。農忙時間一到，「先講的先耕收」，大家要排時間來「換工」。收成時的慶功宴「作完工」，通知左鄰右舍來捧場，大家熱鬧一番。

你家的菜園，現在種什麼菜，其他家的菜園，很快也跟進了。今年我們家的高麗菜長的漂亮，特別多。若看見隔壁鄰居家不夠吃，也會主動的送上幾顆。開飯的時間到了，偶爾還能聞到隔壁家，加菜熬煮一鍋的蘿蔔控肉，香味飄著過來。有時還左鄰右舍分享好料。

有一戶新添購犁耙農具、耕耘機、新式的挨粄機或電視機，馬上就傳開了，在好奇心趨使下，大人及小孩馬上串門子，迫不及待去探究竟。剛開始會捨不得花錢去添購，「犁耙農具……可以借用的，將究借用一下。」用借的，總是感覺不好意思。不久之後，家家戶戶也都買了。這樣裏子與面子都顧到了，大家心裡都舒服。

小孩在禾埕前的水井集合，排路隊走路上學。放學後，在祠堂前的水泥地打彈珠，捉迷藏，打成一片。小孩玩著玩著，雖然偶爾有爭吵，也不會影響叔叔伯伯之間的感情。長輩們對小孩的要求都一樣，正如二伯公家族的鳳妹姐所說的「給孩子自由，也給自己自由」。

孩子自由選擇想走的路。喜歡唸書的，提供足夠的支持，讓孩子去唸書。若不喜歡唸書，家裏有田好耕種，勤勞不怕沒飯吃。多份人力，幫忙做田事也很好。不喜歡耕田，就出外找頭路去打拼。如大伯公家族的福來叔所說：「小孩從小到大，都能做正當的事，就很好了。」

羊喜人家，有著「傳說中的外婆家」這般的親切與溫馨！永結表哥說：「小時候要回外婆家時，在楊梅往南的客運站牌，等著招牌上是寫著黑色字的台汽客運。上車後，坐到長安，下一站就是羊喜窩站。下車看到羊喜窩站牌就安心，因為外婆家快到了。沿著波羅汶溪旁的竹林小徑往下游走，經過水壩頂，再經過相思樹、苦楝樹及朴子樹林。然後往溪邊，踩著河床上的石頭過溪，再沿著小石階往上走，前面就是青瓦房前的庭院，外婆會在大門籬笆前歡迎我的到來！」

青瓦常青

祖父是曾祖父母最小的兒子。祖父有三個兒子、四個女兒，我們這一大家庭，依家族禮儀的輩分，居住在左二廂房。這是間「青瓦土牆」，我在這出生，並渡過幼年時光。

左二廂房，青瓦常青。藍色的青瓦，禁風雨的侵蝕而不易褪色，且遠看有一股樸實之美。泥土造的房子，牆身是使用一塊一塊的泥磚砌建而成。從牆壁的外觀，隱約可以看見黃土、米糠、稻草桿及糯米。為了鞏固房屋的耐震結構，隱約還可見竹片在牆內，充作鋼骨。這低成本的建築，卻十分的堅固，我們家族在這裡住了五十多年，真的不可小覷。

祖父在日本殖民統治下長大，受過雙重的教育。日語與國語，他都能聽說及讀寫。因為是

客家人，所以客語也很流利。我們念書時，學校在推行說「國語」運動，「方言」不能說，被老師抓到或同學檢舉，那是要被體罰或罰錢的。在家裏，我們就跟祖父學客語。他習慣看報紙時，使用客語讀出聲音來。時常讀報給小孩子聽，若是我們不在家，他就讀給祖母聽。我們也時常問他，書本上的一些較不常用語辭，翻譯成客語要怎麼說，譬如「圖書館，做實驗……」等等，很佩服祖父流利的客語。他像一本客語的活字典，再艱深的語辭，都難不倒他。

祖父自學中藥，他有一本筆記本，記載常用的中藥材。在村莊裏有人生病，祖父會免費幫忙開中藥的藥方。告訴他症狀，譬如感冒、腹脹、便祕、想改善過熱或過寒的體質，還有誰要服用……等，他隨手翻一翻這本冊子，拿一張過期的日曆紙，在背後寫下藥方，然後自行去街上中藥行拿藥，服用後每每都見效。因為有學問，又是小伯公的輩分，叔叔伯伯很喜歡跟他打嘴鼓。

他也是左二廂房這個大家庭的最大長者，主管經濟大權。舉凡我的爸爸、大姊與二叔……等，出外打工賺錢，都要交給他統一保管。當然，家庭的開銷，也是他統一的支付。他有一本收支帳簿，清清楚楚寫著爸爸、二叔出外打工天數，應該繳回多少工資。若是遇到天氣不好，沒上工，不管風雨多大，爸爸也要趕回家，避免工資短缺。此外還有記錄一些項目，諸如賣地瓜收入，那一個小孩學費，營養午餐，買米支出……等等。祖父也實事求事，敢開口求助。若家裡田事忙不過來，到處找人換工，連大姑的兒子也會叫來幫忙。

祖父斤斤計較，很會收集一角錢，放在客廳的一個固定位置的抽屜，我們笑稱這是「放著浮標錢的金銀財寶箱」。說是浮標錢，因為一角錢是材質很輕的鎳幣，好像是釣魚浮在池塘表面的浮標。祖父用這些浮標錢當作獎賞，讓小孩子去田裡釣青蛙來餵鴨子，或是在村莊附近撿拾地上的鵝毛來賣。

有一次，我的姊姊們和堂哥、堂姊要繳學校的營養午餐費，錢剛好不夠。祖父就將那個金銀財寶箱的抽屜，十個一角錢，湊成一元，湊一湊，正好有幾十元。小孩子分一分，正好夠繳午餐費的尾數。

平時，我們小孩子看不起這零錢，這次要拿那麼多浮標錢去學校，心裏肯定不舒服。這時，堂哥就調皮的開個玩笑，氣氛頓時就輕鬆許多。堂哥說：「阿公，你是那麼看重一角錢，你又會說日文，那考一考你，一角錢，日本話要怎麼說？」

祖父說：「你ha字會寫嗎？會寫ha字，我就教你唸一角錢。」

祖父的意思是：「你還不懂日語的五十音，我唸對不對，你們怎麼知道我念的正確嗎？」

在大家庭，祖父為了樹立威嚴，我們小孩子是不能隨便開玩笑的，我們私底下誇堂哥有膽。小孩子發表意見，他就會回說：「小孩子只會打嘴鼓，做事沒一撇，不要亂講話。說話是銀，沉默是金，靜靜聽就對了！」假如講不聽，很頑皮，還是要辯下去，我的祖父就會說：「小牛槌，那個小牛槌，又在胡扯了！」幫你取了這個牛槌的綽號，大家就不敢再唱戲了！

大家族要開飯了，圍著一張圓桌吃飯，很熱鬧，但往往座位不夠。負責煮菜的祖母，媽媽，二嬸只好等一會再吃了。為了表示對祖父的敬重，有肉的主菜，要放到祖父面前。我們小孩子坐姿要端正，不能趴著吃飯，不可以用筷子敲碗。我的祖父會說：「只有乞丐才這樣。」也不能把筷子豎著插在碗中，這是不吉利的。若是「吃飽飯，碗裏還有飯粒」，祖父的筷子可不長眼睛，筷子直接反過來敲你的頭，讓你記住不忘。

祖父吃飯，也是重口味，有次嫌菜不夠鹹，他說：「菜怎麼那麼淡，沒辦法入口？」那時，我的祖母，一臉無辜的樣子，沒有回話。這時，祖父自己到廚房，抓一把鹽，直接灑在菜上，很滿意的吃起來。那時我們看到目瞪口呆，不敢出一聲。我們小孩子是很怕祖父，而祖母也是怕祖父唸，所以煮的菜，也要配合祖父的口味。假如菜不夠好吃順口，祖父還會在祖母炒菜時，跑到廚房，在旁邊下指導棋，灑一匙味精下去。口頭不忘再交待一次，才很滿意的離開。

祖母是一位標準的農家婦女。對於我的祖父交待的事情，不會回嘴，照著去做。她除了幫忙在田裡種地瓜之外，還要料理三餐及種菜。這些菜，不但能夠自己自足，還可以到湖口老街去賣。

祖母有二位媳婦幫忙他種菜，一位是我的媽媽，一位是我的二嬸，尤其是二嬸，媽媽誇她是種菜高手，種的菜總是又肥大又漂亮。賣菜的收入，祖母大部份都交給祖父保管，補貼家裏開支，買米，繳學費……等。有一部份的私房錢，賣菜順便買菜，幫家裏加菜，也買一些糖果，犒賞我們小孩子。因為姊姊們放學後，功課寫完會幫忙挑菜。

第二天早上，姊姊們去上學，很貼心幫忙祖母挑菜到湖口老街。祖母賣菜回來：「謝天謝地，今天的菜很好賣！」聽到後，小孩子很高興，因為有三色的圓圓小糖果可以吃了！等姊姊們放學後，大家可以排隊領糖，這是小時候最快樂的一刻。祖母會問我們說：「足爽麼？」我們大聲回答說「很足爽」，然後哈哈大笑。「足爽」字很特別，只有客家話才有的發音，是從內心出來的愉悅感。小時候吃糖，甜甜的滋味，就有這一種滿足的感覺。

祖母客氣誠懇，對外孫也很親。有一次永結表哥隻身從楊梅搭車來幫忙種花生，心急搭上紅色字的直達車，只好在長安站提前下車。表哥下車後，走錯方向折騰很久，終於走到羊喜窩站。祖母心裡很擔心，在青瓦房前來來回回，終於盼到表哥平安到了！吃飯時，特別將最大塊的雞腿賞給表哥，讓我們很羨慕！隔天傍晚收工後，表哥要回家時，祖母準備青菜和地瓜當伴手禮，還依依不捨地追問表哥「何時還要再來？」一定要陪著表哥越過門前小溪，走到羊喜窩站搭車，深怕表哥再走錯路了！

爸爸認份耐勞，二叔常年外出賺錢，幫祖父扛起家中大小事。波羅汶溪水源不足無法種稻，爸爸除了種地瓜、花生之外，還要常出外做零工。爸爸硬朗的身體，力氣大的像無敵鐵金鋼，在大太陽下挑鋼筋扛水泥，小步帶跑前行。家族的喪事禮儀，抬老樹的好幫手。宗親有需要，不會推辭馬上答應，讓大家安心找「阿順哥」幫忙，並事後給個紅包表感謝。

偶爾爸爸也出外做長工，到地主家做苦力活，因路途遙遠，會住上一陣子才回來。一看到爸爸，感覺特別親。吃飯時，爸爸會把我們抱在大腿上，搖啊搖，爸爸說：「肥豬肉給我吃，瘦的給你們吃。」

然後就聽到媽媽在旁，嘻嘻的笑！

祖母規定媽媽煮飯時，米飯與地瓜籤的混合比率是一比三，一碗米要配上三碗地瓜籤，整鍋飯地瓜籤佔一大半。因為地瓜是自產的，而米要外購，多加一點地瓜籤，可以省成本。二嬸煮飯比率也是一比三，但是「舀一碗米時，手上還要再抓一把米混進去」，所以輪她煮飯時，我們小孩很高興，因為這餐米飯會特別多。

大人們在田裡忙的時候，二姊在家幫忙先把媽媽備好的米煮熟，一時貪玩沒注意燒焦，被祖母教訓一頓。等到媽媽回家，對著二姊說：「臭火答的飯，很難吃哦！」媽媽在大鍋灶要炒菜，我們這幾個小孩子幫忙加火，又再猛放樹枝葉子！灶邊熱烘烘的，媽媽說：「別玩了，菜跟飯一樣，也要臭火答。」

惹得我們大笑說：「臭火答的飯配菜，真夠味！」然後才把灶門打開，讓火透透氣，嘴巴向著灶裏，吹氣「呼～呼～～呼～～～！」要將火降溫下來！

媽媽添飯時，會特別將地瓜撥開，多添一點米飯給我們幾個小孩吃。吃飯時間也總比我們慢一拍，他說：「地瓜籤加上菜湯攪一攪，很好吃，咕嚕咕嚕一下就吃飽了。」

在那個物質匱乏的時代，我們有個舒適的家，為我們遮風避雨。這種使用青瓦土牆的房子，有「冬暖夏涼」的效果。冬天因厚實的泥土牆，屋內溫暖。夏天也因高挑的青瓦屋頂，屋內很涼快。

青瓦土牆的家，伴著我們，朝夕相處密不可分，與我們有熟悉的親切感。生活在此屋簷下，大家族間流露出自然的情感。這份記憶，能穿越時間，永遠的保留著。歲月雖流逝，內心仍有這份「青瓦常青」的感覺。

媽媽的青春

在青瓦房屋的時代，我的媽媽總共生了五個女兒後，然後再生二個兒子。我是她的大兒子，姊姊們都叫我「大弟」。因為是大兒子，有一段時間，小姊姊還戲稱我為「大哥」。實際上，應該叫我「大弟」，輩份才對。會這樣稱呼，多少有反應那時候，「姊姊們想要一個哥哥，幫媽媽減輕一點生小孩的壓力。」

當時，社會上普遍重男輕女，讓人不敢恭維。隔壁村莊有一戶人家，老大，老二是女的，沒人疼。老三是男的，捧上天。有一次，老二有一點感冒，三個小孩在地上爬啊爬……，只有老三嘴巴有奶嘴可以吸。老二看見了，也很想吸一下。爬過去，將奶嘴搶過來，放在嘴巴裏。沒想到，阿公看見了，把老二口中的奶嘴，直接拔出來丟到門外。阿公寧願把奶嘴丟了，也不要給女的老二。擔心老二的感冒，會經由奶嘴傳給老三，索性直接把奶嘴直接丟了，也不讓老二有奶嘴。小孩的媽媽現在想起，都很心酸！

還有「養兒要防老」的觀念，一個女人總是要生個男孩。「一連生下五個女孩，沒有一個男孩！」要不要再生，成為巨大的壓力。一個大家庭，種地瓜生活，還有靠打零工，維持生計。而我的爸爸這一房，就有五個小孩要養活，大家都「大眼瞪小眼」，看接下來怎麼才好。

我的小姊姊生下來，在往後五年的時間，我的大姑剛好連生男孩，在媽媽求子心切之下，我的祖父，祖母就建議說：「先抱一個大姑的兒子回來吧，說不定還帶來更多的兒子運。」我的媽媽很猶豫，一直拿不定主意。我的大姑就直接說：「最小的兒子送給妳養吧！」

最後，我的媽媽說：「還是喜歡自己生的小孩，再等等吧，假如再生女孩，就領養妳的兒子。」不久，媽媽就懷孕了。

媽媽要照顧五個姊姊，挺著大肚子，還要顧三餐，到田裏做農事，種地瓜，幫忙採收……等。爸爸要出外打零工賺錢，媽媽一個人顧那麼多小孩，更是辛苦。日子過一天，熬過一天，心中只是盼望小孩可以吃飽快快長大，懷中的小孩可以平安。

假如，當時媽媽決定「抱大姑的小兒子回來！」那一年，我就不會來到這個世界，也不會有「現在的我」。我的到來，是那麼的幸運！在醫術不發達的時代，生產對一個女人來說，是生命中的大難關。住在隔壁的祥增嫂，曾經說：「生小孩痛到受不了時，真想拿一把菜刀，直接把肚子剖開來！」而我們姊弟全部是自然產，對於現代人來說，真是不可思議。一切都要感謝媽媽。他的堅持，讓我有機會來到人間；他的小心呵護，讓我平安產下。我的到來，是那麼的值得感恩！

我的到來，帶來驚喜，終於盼到一個男孩了！也正如我的祖父，祖母預言的：「有一個兒子，會帶來更多的兒子運。」好事要成雙，五年之後，我的弟弟也來報到了。

要養大一個小孩，不是一件容易的事，何況我們家有五個女孩與二個兒子。那時候，還沒有像奶粉這類的嬰兒食品。我們姊弟，全都是喝媽媽的奶水長大的。

媽媽生大姊的時候，作月子有麻油雞可以補一補身體。後來二姊出生了，因為是女孩，就沒有麻油雞。大家族經濟不充裕，作月子的開銷能省就省，只有生男的才有麻油雞。長輩還打算送二姊給人當童養媳，但是媽媽怎麼肯呢？媽媽說：「沒有麻油雞，改用麻油煎蛋，就心滿意足了。」因為小孩要喝奶，若媽媽沒有吃足夠補的食物，往往擠不出奶水。媽媽也想出另一個好方法，將能吃的青菜，全部都炒麻油，這樣才勉強有奶水。

小孩越長越大，食量也跟著變大，實在擠不出足夠的奶水了，媽媽只好另外想辦法。她把米浸泡半天，用石磨磨成米漿，蒸水粄給小嬰兒吃。軟黏黏的水粄，填飽肚子沒有問題，我們就吃水粄長大了。

小孩晚上睡覺，容易被驚嚇醒來，不容易入睡。媽媽白天又有工作忙，這時媽媽說：「沒有生給你一個比較大的膽，床頭放一個石頭給你壯膽！你有膽了，不要怕怕！」在媽媽的身上，看到人類能夠生生不息的原因，為了孕育下一代，生命中有一股韌性，能在艱難的環境中被激發出來。這內在的潛能的發揮是人性中最美的展現。

因為爸爸時常出外打工賺錢，我們常常就跟在媽媽身邊。看見媽媽的辛苦，所以我們姊弟們，對媽媽特別的親。媽媽要到羊喜窩山上砍材，那時山上是一片片的墓地，小孩子怕被嚇到，是不能跟著去。我的小姊姊膽子大又體貼，敢陪媽媽上山去砍柴，小姊姊說：「聽到風呼呼的在吹，不敢隨便動，也不敢隨便瞄一下旁邊。靜靜的待在那裏，等媽媽將木柴砍好。」

媽媽擔心小姊姊害怕，會不時的喊著小姊姊的名字。

媽媽去田裏工作，我喜歡跟在他屁股後面，那是我小時候很難忘的回憶。台一線往南，在羊喜窩站附近，路兩旁種植相思林，路左邊相思林外是地瓜田。媽媽拿著鋤頭，牽著我的手，越過台一線的馬路，到這裏工作。媽媽會先清出一塊小空地，鋪上肥料袋，讓我坐在上面等。

地瓜不是種下去，就能長出地瓜的，它需要「上泥掀藤」，才有結實的大地瓜。地瓜苗插枝，生長一段時間後，若是藤葉爬的過長，要掀開來，並在根部加上泥土。因為藤上每一節都有根，根釘在地上，不把它掀開，都會生小地瓜。到處生小地瓜，會影響地瓜頭根部的成長。

翻過一畦畦的地瓜藤，媽媽在田地上忙，相思林間的阿啾箭，在天空也不閒。一大群的阿啾箭，趁著媽媽翻動泥土與地瓜藤葉時，有雞母蟲鑽出來，找到覓食的機會。媽媽只有幫忙我趕跑阿啾箭時，才會停下來喝口水，休息一下。

有些相思樹，阿啾箭在上面結巢。媽媽說：「假如巢裏有幼鳥，不要靠近這棵樹。」但我想試看看，跑到樹旁看阿啾箭忙上忙下餵食幼鳥，學著阿啾箭的叫聲：「啾啾啾」。整巢的幼鳥像似餓壞了，拚命的爭先搶食物，我改口叫著「阿啾箭，餓鬼！阿啾箭，餓鬼！」沒想到大隻阿啾箭真的會生氣，飛到我的頭上附近盤旋，想趕我走，我急忙叫著媽媽。媽媽趕快跑過來，ㄠ喝幾聲，嚇跑阿啾箭。

媽媽把我帶回原位，摸摸我的頭說：「有被嚇到了嗎？」然後，拿起茶壺，將開水倒入碗中，咕嚕咕嚕喝了好幾碗。我抬頭看斗笠下媽媽紅紅的臉，背後是白的發亮的藍天：「媽媽好辛苦！」

媽媽除了上山砍柴，到地瓜田工作之外，還要照顧這麼多小孩，每個都要健康又平安長大。那時麻疹疫苗尚未普及，出麻疹是一件很危險的事，必須很小心照顧。咳嗽或打噴嚏就會感染的沒出過麻疹的小孩，出麻疹還會發高燒，臉部出現紅疹，不小心臉上留下疤痕，媽媽說：「以後要怎麼見人」。

小孩最怕發燒，治療的方法只有多喝水。再沒有胃口，媽媽也要不斷的哄我們喝水：「忍一下，再喝一小口啊。」

為了哄我們，媽媽整夜沒有入眠，擔心我們頭殼燒壞了，不時的要摸頭。出麻疹不能吹到風，所以必須整天關在房間裏，不能出房門，其他的小孩，也被叫的遠遠的，好像躲瘟疫似的。

爸爸買了一個蘋果，媽媽每天切一小塊，慢慢的給關在房間出麻疹的姊姊吃。我們其他小孩看到了很想吃，口水一直往肚子吞，媽媽也削一小口，分給我們嚐，沒想到有這麼好吃的水果。媽媽說：「這顆蘋果，是要吃好幾天的。」爾後我知道，出麻疹就是可以有蘋果好吃！

我的四姊阿香，是我的爸媽最擔心的小孩。她從小長的很瘦弱，臉非常的黃，生下來就得了黃膽病。我的二姊幫忙照顧阿香，睡覺時靜靜的縮在二姊的腳邊，她那瘦弱的身體，跟她的年紀實在太不搭配了。

隔壁鄰居，家增嫂只有生了三個兒子，沒有生女兒。特別喜歡我們家的阿香姊，每次阿香姊放學後，都跑到家增嫂的家，去幫忙挑菜。媽媽要隔著圍籬，大聲叫好幾次，她才回來。家增嫂每見到人，「都說要收阿香姊為女兒。」媽媽哪裡捨得，媽媽說：「家增嫂，妳想都不要這樣想！」

村莊前的水圳，流經土地公廟前的那一段竹林裏，有蛤蠣可覓。煮清湯，有助於改善黃膽症狀。媽媽每隔一段時間就自動會去水圳覓蜆仔，大的蜆仔帶回來，小的蜆仔放回去，等過一陣子再回來覓。

村莊的嫂嫂們，知道我們家的小女兒阿香，需要喝蛤蠣湯。雖然水圳是大家公共區域，大家都可以去覓蜆仔。但是，大家都沒有去。因為他們知道那是我家那個小女兒阿香唯一的寄望，她吃了那清湯，身體會一天天好起來的。

等到覓蜆仔時間到了，媽媽會問我們：「要不要一起去啊？」水圳兩邊，有茂密的竹林，蚊子特別多，叮在耳朵上，會紅紅癢癢的，抓一抓整個耳朵熱呼呼，特別令人感覺到不舒服。蜆仔需要蹲著、彎腰或跪在水裏覓啊覓，屁股的褲襠，不弄濕很難。我們小孩還可以藉故推託這一次不想去，但是媽媽樂此不疲，深怕蜆仔被先覓走了。

媽媽歡笑開顏的迎接我們這些小孩子的到來，每一個都是心上的一塊寶。奶水不夠沒關係，靠著甜滋滋軟綿綿的水粄，小孩吃飽長大沒問題。小姊姊陪伴上山去砍柴，挑回一擔擔的柴火，溫暖了我們家。我喜歡跟在媽媽的屁股後面去地瓜田，趕跑阿啾箭，正好喝口水，喘息一會兒。

小孩出麻疹，一個蘋果，大家有一小份也嚐嚐。媽媽心中最掛牽的是阿香姊，鄰家嬸嬸想要認她為女兒，哪捨得呢！阿香姊喜歡喝蛤蠣清湯，媽媽不會忘記時間到了，趕快到水圳去覓蛤，深怕晚到一步，蛤被覓走了。

媽媽的青春，就是這樣度過的！

庭院滿芬芳

在青瓦房，門口貼的春聯「天增歲月人增壽，地發黃金財滿堂」，橫批是「金玉滿堂」。過年除夕那一天的傍晚，祖父會將門口的舊春聯撕下。舊春聯邊緣的漿糊，將春聯緊緊黏在牆面，有些小地方總是撕不乾淨。祖父會拿小刀或抹布慢慢刮掉，然後將新的春聯貼在相同位置。不管今年生肖是什麼，祖父每年都選這幅的對聯，從來沒有換過其他詞句。

在那時「天、地」是我的祖父、祖母最崇拜與尊敬的對象，祖父看到小孩不聽話，頑皮搗亂，最常說的話就是：「沒良心，雷公來了，要躲到那裏去呢！」我們這幾個小孩，會低聲回嘴說：「趕快躲在眠床底下……」

實際上，心裏還是怕怕的。在長輩的觀念，雷公代表天理，是老天爺的化身。很多事情，老天爺會幫忙主持公道。

雷公成為老天爺最直接的一種代稱，我也有體會。有年夏天，在田裏拔稗草，一大片空曠的田野，突然烏雲罩頂，接著急遽的閃電，轟隆的雷聲。彷彿是單獨的一個人，面對老天爺的審判。這樣的恐懼，有誰不畏懼呢？難怪長輩常這樣說。

在農耕時代，「對老天爺的畏懼」，是長輩們根深蒂固的觀念。這種不需要法律條文約束，做事情以天理來評斷，是人類社會最高效率的行為準則。反而在現代工商業社會，都是在廠房或辦公室裡，不會有農夫的工作場景，比較無法體會老天爺的存在。

請老天爺作主之外，農業社會也有「靠天吃飯」的觀念。老天爺久旱不雨，無法有收成。有時卻不幸下一場傾盆大雨，收成一樣泡湯。所有辛苦的付出，要靠老天爺賞口飯給我們吃。

所以，敬「天」為首要，第二順位就是「地」。人需靠大地的供養。在地上，可以種植五穀雜糧，才有食物食用。因此，人需要生活在天地之間，長輩就自然而然養成習慣，「無時無刻有一份對天地的感恩」。具體的表現在日常生活中，舉凡貼春聯，祭拜神明、土地公及祖先時，對天地的敬奉都列為首位，婚姻大事也先以天地為證……等。

「天增歲月人增壽 地發黃金財滿堂」，這幅對聯，也是大有來頭，具有傳統的意義。我們是客家人，祖先從大陸廣東渡海來的。這對聯的上聯「天增歲月人增壽」，是很有名的廣東潮汕才子，林大欽寫的，他是明代的狀元及大孝子。中狀元為官不久，便辭官與母親一起回鄉，事奉母親至孝。他的人生淡泊，視名利如無物，只專注於孝親及講學。

潮汕地方對於春聯特別重視，挑選一幅春聯，往往要琢磨很久。在少年時，博學的林大欽在對聯這方面，就已經展露才華。在私塾當老師時，有一年正月初一，為自己的老闆撰寫春聯，提筆沾墨，神來一筆，寫出此幅春聯「天增歲月人增壽　春滿乾坤福滿門」。含意是歲月一天一天的遞增，人也增加了壽命。春天充滿了天地，就如福氣充滿了自家門。整首春聯，簡潔有力，又充滿了美好的祝福，成為後人喜愛的迎春佳聯。

這幅對聯「天增歲月人增壽　春滿乾坤福滿門」，漂洋過海來到台灣，經過潤飾及修改，衍生許多意義相似的對聯。彰顯「尊敬天地」及「勤勞有獲」的價值觀，反應在春聯上，就修改成「天增歲月人增壽　地發黃金財滿堂」。長輩日日勤勞耕耘，自然地上會有收穫，遍地是黃金。

春聯的橫批是「金玉滿堂」，代表財富豐厚，事事吉祥，全家和樂融融的一起生活。從現在的眼光，去看這幅春聯，講黃金，又講財富，也許俗氣了一點。但是，還原當時的經濟狀況，食指浩繁，不難理解祖父當時的心境。每年都使用這相同的春聯，不就是代表一種很單純的心，希望日子可以過的好，這是內心永遠不變的願望。

青瓦房門口前，有一個庭院約二十多坪。庭院前有一個竹籬做的大門，通往河邊。大門兩邊種了很多長枝竹及大勒竹。長枝竹外表有一層白色的粉末，竹子的質地比較軟，適合拿來搭菜棚架及竹編。大勒竹堅韌，莖桿厚實有彈性，可以經得起東北季風的吹襲。因為竹節上還會長出小筍有刺，適合做圍籬。

每年末秋冬之際，爸爸會去「倒竹」。挑選竹子，將乾燥的竹子倒來當柴薪，成熟的長枝竹倒來竹編，留下大勒竹當圍牆。竹子長的很快，最快一天可以長一公尺，經過倒竹後，幼竹才有空間，能越長越茂密。拿刀子在接近地面的竹根處，在竹子兩側各剖一刀，竹子就自行倒下去，所以就習慣稱之為「倒竹」了。

我的爸爸很擅長編竹籬笆門，這手藝是祖父手把手教的。爸爸會挑一些已經生長二年~三年，竹管結實及外表翠綠的長枝竹，當作籬笆大門的材料。倒竹後，爸爸趁竹子含水份比較多時，要趕緊編門，若放久變乾燥，韌性就會變差。

我好奇的蹲在旁邊看，爸爸坐在小板凳上，已倒了十幾根竹備用，旁邊還有一把倒竹的鐵柄柴刀。這把柴刀，我拿起時感覺很沉，有些吃力。爸爸的手有力，皮很厚，不需要戴棉質手套。編竹籬笆門，他只需這把柴刀。

他拿著柴刀，很輕鬆的把竹子突出的竹節削去，然後去頭去尾的修整。刮掉竹子表面青色的外皮，再用柴刀將竹子剖成四片。竹片的邊緣很尖銳，不小心手會被割傷，爸爸總是叫我離遠一點。只見他拿著柴刀，左邊刨一下，右邊削一下，邊削邊將竹片轉向，一會兒，圓弧的邊緣就成了。我曾經試過用柴刀，竟然將一大塊竹肉削下來。沉沉的柴刀，有好的力道，但要隨心應手的修邊，還是需要一些經驗。

竹片全部修整後，爸爸將一根根的竹片，以一壓一挑的編法，交錯穿越五根的橫竹竿。然後將竹片用手輕推，使其緊密的靠著。編好後，竹片兩邊再切齊，竹籬笆門就大功告成了。把它裝在大門的支柱上，很好使用，輕鬆的就可以開合。但竹籬笆門，經不起長年的日曬雨淋，每隔一段時間就要換新重做，難怪爸爸的手藝這麼熟稔。

竹籬笆門，雖然是一道有形的門，但是門時常敞開著，只是晚上睡覺前關上，以防止別家的狗狗跑過來。小時候，沒聽說過「有小偷光顧這回事」。用竹林當圍籬，根本也無法阻擋人的穿越，主要還是防止東北季風的吹襲。全村莊，左鄰右舍感情很好，大家常串門子。禮運大同篇，有句話很貼切來描述村莊的狀況，「外戶而不閉，是為大同。」鄰居都不用關上門來彼此防範，這就是心中嚮往的「大同」世界啊！

庭院右邊，種植一排朱槿當圍籬，與三合院左側廂房，家增叔叔的家相鄰。我對朱槿花，特別的熟悉，源自於這時的記憶。隔著這一排朱槿花，可以望見隔壁家的煙囪。阿香姊去隔壁家幫忙挑菜，媽媽大喊幾聲，就知道吃飯時間到了，趕快回家。頗有柳宗元田家詩：「籬落隔煙火，農談四鄰夕」的意境。

這一排朱槿花，長約三公尺，我的祖父不會刻意的修剪它們，反而現出自然之美。朱槿枝葉婆娑，每一朵大紅花，花大而紅，艷光四射。它們都不甘於隱身於綠葉之中，總要熱情的綻放於籬落之間。有些大紅花，長長的花蕊，突出於天際，在炎熱太陽下展現自我。有些從綠葉中，探出頭來，露出長長的舌頭，深怕旁人沒看到它那紅艷的花朵。

每一叢盛開的紅花，旁邊都有幾株含苞待放的花朵。你唱罷了，我登台，像接力賽跑似的依序上場。每一朵花，雖只有一天的生命，但花開花落，卻能夠無縫的接軌，每日呈現豐富的色彩。

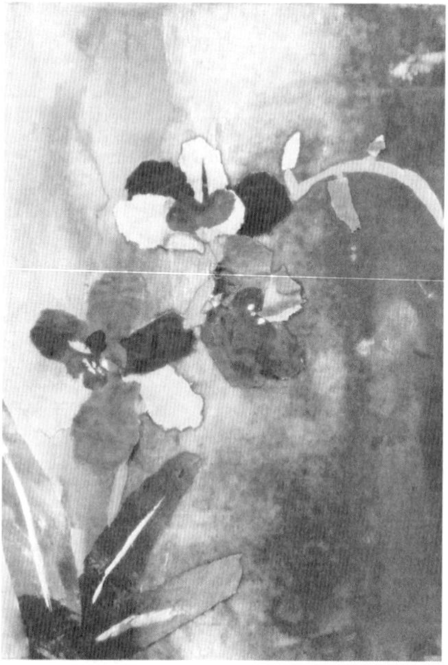

朱槿有旺盛的生命力，插枝即可存活，且經得起風吹日曬的考驗，因此處處可以見到它的蹤影。在三合院右側祥增叔的菜園，或湖中路水圳旁的畸零地，常會與它不期而遇。而它總是盛開的大紅花朵，吸引我的目光。花瓣在風中搖曳，像與熟人招手。它大概知曉，曾在自家庭院認識我，才會如此的熟悉。

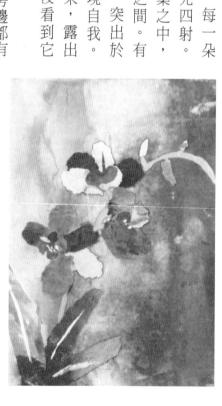

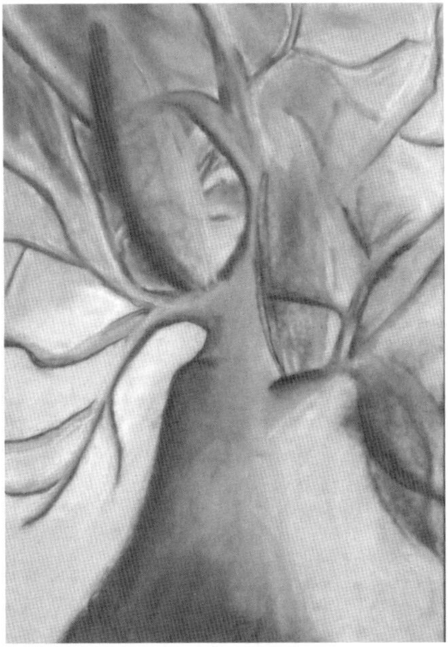

庭院左邊，種植一棵大榕樹。榕樹旁邊，用竹籬圍一個養鴨子的地方。榕樹有許多下垂的氣根，像是老公公的鬍鬚。由於小孩子的好奇心，都會忍不住拔下鬍鬚，用手捏一捏，看看會發生什麼事？結果就是流出黏黏的乳白色汁液，手摸過後，用水還洗不掉，我想那就是給小孩一點小懲罰吧！這些氣根，能幫助榕樹老公公吸收空氣中的水氣，當看見根端成乳白色脹脹，就表示溼氣高，這幾天可能是陰雨天。而成黑色乾扁，表示溼度低，那最近是大太陽天了。

榕樹下，經常滿地是黑紫色的隱花果，這是屋簷上麻雀的最愛。麻雀是榕樹的好哥們，幫忙榕樹到處散佈種子。麻雀吃了隱花果，四處飛翔，無法消化的種子，也隨著麻雀的肚子流浪去了。榕樹生長力強，貧瘠的地方也能生長。所以，自家屋頂的青瓦上，常會無端的冒出小樹苗。

隱花果裏，還住著一個我們家的小貴客——榕小蜂。隱花果將花藏在果實內，只在頂端留下一個小小的孔，便於體型超小的「榕小蜂」，進出傳粉。果實提供榕小蜂免費的食宿，而榕小蜂幫忙榕樹完成傳宗接代的工作，讓果實內的小花授粉，結成一粒粒的種子。

榕樹旁的鴨欄，每年當春天來臨時，我的祖母就會買一批草鴨來飼養。小鴨子從柵欄放出來，搖搖擺擺，成群結隊的跑過來，爭先恐後的在庭院覓食挑菜剩餘的屑屑。毛茸茸的黃色小鴨鴨，用兩隻小手就可以輕易的抱起來，呱呱呱的叫，扁平的小嘴啄手心，酥酥的感覺，好像被人抓抓癢，非常讓人喜歡牠。

不過，一群小鴨鴨中，每年總是會有一、二隻，腳有些跛，走路起來跟不上隊伍。祖母說：「去街上買小鴨時，老闆將這些跛腳小鴨，將就送出去。」

反正，也沒人會挑選牠們。聽說跛腳鴨吃青蛙，腳能夠很快復原。到田裡釣青蛙來餵鴨子，這樣就可以拿到祖父的零用錢。

釣青蛙只需拿根竹竿，綁一條縫衣服的細線，抓一隻小青蛙的腿來當誘餌。走到田埂上，發現青蛙的蹤跡，將竹竿伸出，讓線端的蛙腿緩緩落下，「竹竿慢慢抖啊抖……」引起青蛙的注意。很快有一隻青蛙，會從稻桿旁跳出來，吞下蛙腿後快跑。趕緊把竹竿拉起，將青蛙接到袋子。釣到十隻的青蛙，可以換到一角錢。這些跛腳鴨吃了青蛙之後，腳復原的很快，過不久走路不會脫隊了。

小鴨鴨在庭院覓食結束後，帶頭的小鴨會從竹籬大門衝向水圳，噗通、噗通……！每一隻都迫不及待的跳下去。小鴨子喜歡一堆堆逗在一起，互相交頭接耳的談笑，呱呱呱的叫聲，此起彼落！祖母說：「經常玩水的鴨子，生長的比較快。」對啊！鴨子天性愛水，在水中怡然自得，若飼養在陸地上，不就成為旱鴨子了。

在庭院的空地，除了可以在這裡編籬笆門，也能曬菜脯，醃酸菜。冬天是白蘿蔔的盛產季節，是製作菜脯的好時節。祖母會找一個好天氣，全家出動去菜園拔蘿蔔回來，集中運回到庭院加工處理。小孩幫忙清洗蘿蔔，把鬚根去除。媽媽在砧板上，將蘿蔔前段及尾端去掉，對切後，再對切一次成長條狀。祖母將切好的蘿蔔條，用鹽巴搓揉均勻，一層層疊放入大甕，排滿後，用大石頭壓一晚。

第二天清早，在庭院上鋪上紗網，取出大甕中的蘿蔔，在太陽下曝曬。中午陽光正烈時，將蘿蔔上下稍微翻面，才能均勻曬乾。晚上收起時，再灑一點鹽巴，壓上石頭。

幾天後，蘿蔔乾的水分逐漸蒸發，顏色變成土褐色，且外表乾乾扁扁，聞起來有太陽的香味，表示已經夠乾燥，可以放進罐子長期保存了。爾後媽媽會拿來炒飯拌蔥花，切碎配稀飯，或當水粄配料，每一回我們嚐過都讚不絕口。

在過年前後，是長年菜的收成季節。客家人過年，這一道菜是不可或缺的佳餚。但是長年菜煮食有一點苦，醃過後苦味就變成宜人的酸味。媽媽採收回來後，先會去掉外表枯黃的葉子，在庭院放幾天，讓葉子萎縮軟一點。這樣可避免葉子太脆，在製作鹹菜時折斷。等到葉子乾癟，媽媽拿一點鹽巴，葉子用手搓一搓，讓葉片柔軟稍微出水。然後將長年菜平舖在地上，讓我們小孩打赤腳在上面踩一踩。

一邊踩，媽媽一邊在旁灑鹽巴。踩踏可以將長年菜的水份擠出來，踩到菜梗幾乎熟透了，再翻另外一面。等到我們踩到不耐煩的時候，就是該收工了。媽媽將長年菜一根根放進大缸，再灑些鹽巴，用大石頭壓住。

爾後幾天，媽媽會把缸裏的長年菜上下翻動，讓上部的菜，壓到下面，這樣才能夠均勻浸泡到鹽水。隨著長年菜持續的出水，湯汁逐漸增加，整缸的長年菜，全部淹沒在鹽水中，慢慢的發酵。新鮮的酸菜，從缸裏拿出來，菜梗呈現金黃的顏色，漂亮極了，聞起來有酸酸的香味。

媽媽最拿手的酸菜肚片湯，缺少不了自家醃製的酸菜。將酸菜切絲後，與豬肚一起下鍋熬煮半天，因為酸菜本身就有醃漬的鹹味，不需要再放其它的調味料，只需一點薑絲提味，就完成了這道清爽可口的好料理。

庭院周圍的青瓦屋簷下，夏天時，祖母用鐵絲勾掛著瓜瓢或菜瓜布，冬季則換成高麗菜。夏天是蒲瓜的盛產期，家中的菜園每天都可以採收，吃不完就讓它熟透，採下曬乾成褐色，對半剖開，刮去瓜瓤，就成為舀水用的水瓢。

過了採收期的絲瓜，就讓它在瓜棚架繼續老化，等到表皮由綠轉成褐色，敲敲有空空的聲音，表示裡頭水份不多，適合做菜瓜布了。採收下來，將絲瓜子搓揉出來，曬乾就成菜瓜布。米色的菜瓜布，聞起來有榻榻米的香味。用菜瓜布洗鍋子或洗碗，不會刮傷，也可輕易去油漬，很好用。

冬天有吃不完的高麗菜，掛在通風涼爽的屋簷下，讓風吹乾，延長享用期限。風乾的高麗菜，仍然有其新鮮度，葉子柔軟爽口可清炒，另有一番風味。

家門口的庭院，一年四季上演著不同的故事，一幕幕的畫面，彷彿昨日剛發生過，那樣的熟悉。歲末春初，門口貼上大紅的春聯，毛絨絨的小鴨一搖一擺走近來了，不久之後，榕小蜂也來報到。夏日的朱槿花，熱情的展放光彩，深怕沒引起眾人目光。

在空氣中，參雜著媽媽在籬笆邊，催促小孩回家的聲音。門前的長枝竹，枝葉由青轉綠，迎向天空。翠綠的竹籬笆大門，是爸爸剛編織完成的傑作。大人及小孩聚在庭院中挑菜，你一言我一嘴的愛說笑。

秋冬之際，媽媽在木桶上，刷刷刷的切蘿蔔，及小孩打赤腳用力的踏鹹菜，吆喝著「一、二、一、二……」的聲音。而屋簷下，隨著涼風晃動的瓜瓢，翻過一天天的歲月，靜靜的在看著一齣齣不同的戲碼。

門前的小溪

青瓦房庭院前的竹籬笆大門，沿著石頭階梯走下去，一座小木橋跨越水圳，往前走到河岸的土堤。眼前這條小河是波羅汶溪，溪水清可見底。河流的上游築起水壩，水壩旁引出一條水圳，流過大門前。

水圳旁的溪岸，土堤上長滿牽牛花、鬼針草、月桃、五節芒、狗尾草及馬鞍藤……等花草。泥沙的土堤，通往河床的小徑上，散落著大小不一的墊腳石，當作河階。到河邊玩水、抓魚，在不經意間，總被河階旁討厭的鬼針草盯上，褲管與衣袖免不了被鬼針草種子一黑色蝦公夾，倒鉤的刺緊緊抓住。隨手拍拍還弄不掉，需要花時間將蝦公夾一根根拔出，再丟回草叢去。

走在前的同伴不知情時，隨手將鬼針草剛脫落黃花瓣的果實，當作飛鏢射在同伴背部後面，果實黏在衣服上搖擺，大家忍不住偷偷的笑。當被發現時，無法避免引起一陣的混戰，大家射來射去，糾纏在一起，誰也不讓誰，這時已分不清，誰才是真正的「恰查某」了。

河岸邊，最引起媽媽興趣的是月桃。特別是端午節前，正是月桃花盛開之時，白色的花瓣吐出黃紅相間的嘴唇，並散發出淡雅的清香，想引起大家的目光。月桃葉大而堅韌的葉鞘，一直是包粽子的上等材料。媽媽很喜歡採集這些葉片包粽子。並且撕下葉片，留下月桃葉中間的莖當粽繩。也將月桃葉當枕墊，蒸菜包粿，整個廚房都充滿濃濃的月桃香氣。

河對岸，種植桑樹、相思樹、苦楝樹及朴子樹等。這些樹的後面，有一大片的農地種植黃梔花。桑樹，提供蠶寶寶永遠吃不完的桑葉。有一回堂姊送我們幾隻蠶寶寶，早上醒來發現桑葉體無完膚，被吃的只剩枝幹。趕緊咚咚跑下河階，跳過河床上的石頭，到對岸去採桑葉。沒想到蠶寶寶吃下去後，隔天拉出水水的便便。原來是清晨的露水，沾濕了桑葉，蠶寶寶吃下拉肚子。有這次經驗，下回知道採桑葉要等到下午時間，等桑葉上露水乾了。

最讓我們小孩渾身不對勁，避之而唯恐不及的是相思樹上，那黑色毛茸茸的弄毛蟲。醜陋的外表，還有身上突起的黑色短毛，手掌不小心碰到，會痛的哇哇大叫。趕快揉自己的頭髮，假如揉不掉，只好找同儕比較粗，又直挺的頭髮試看看。真的沒辦法，只好找媽媽，用炒豬腸的醋在手掌上消毒，再一根根拔起來。

我最喜歡的樹是朴子樹。這種樹沒有大隻黑壓壓的弄毛蟲，卻有小小紅色圓圓的果實，吃起來感覺甜甜粉粉的。朴樹有許多分岔的樹幹，很適合小孩子玩爬樹的遊戲。大夥比賽誰可以爬的比較高。爬到最上頭的樹幹刻上自己名字，可以向同伴炫耀，自己曾經爬上去。朴子樹還可以當小孩的護身樹。小時貪玩不聽話，惹大人生氣，拿著竹子追著打時，可以蹦蹦跳的跑到對岸，爬上朴子樹躲起來，暫時避風頭。

苦楝樹上的知了，運氣就沒有這麼好。有一次跟鄰居同伴到土地公廟旁，採薜荔的果實黏知了。這種果實，外表綠色有一些白色斑點，剝開後用手摸，裏面有黏黏的白色乳汁。我們很頑皮的將汁液沾在竹竿上，拿來黏苦楝樹上的知了。抓到了想放走牠，沒想到輕薄的蟬翼，被汁液扯破了！知了飛一下，重心不穩就墜地，在地上發出嘰嘰嘰，斷斷續續的叫聲，跌跌撞撞的逃回樹叢中！看到此狀，下次不敢惡作劇了。

在這村莊，沒有小孩不喜歡在波羅汶溪邊，抓魚及玩水。在這裡可以抓到狗甘仔魚，它躲藏在石頭縫下，頭大大的，尾巴小一點，有點黃色的小身體，身長約十公分左右，兩隻手包抄就可以抓到。此外，還可以抓蝦子。只要拿一個小網子放在蝦子尾巴後，拿樹枝嚇一下蝦子的鬍鬚，蝦子就會倒退跑，自動的進小網子，蝦子的瞬間快動，非常逗趣。蹲在水裏抓魚，褲襠沾濕了，褲管也免不了沾滿了沙，但是卻樂此不疲。

偶爾會看到，住在隔壁村莊的人，背著一個電瓶，右手拿著竹竿，尾端綁著一根鐵線，左手拿著網子，在河邊電魚。右手按下開關通電一下，石頭旁的魚蝦，大小都一下就翻身成白肚！小河被電過以後，幾乎找不到小魚蝦，多年後才有法令禁止人們去電魚，因為這樣會破壞生態。

在河邊，還可以看到黑色的蜻蜓在水面上飛行，屁股點水一下。蜻蜓飛累了，會在石頭上停一下，小心翼翼靠近，說不定有機會抓到，心裏會很高興，可以逗這隻蜻蜓玩！蜻蜓也是一個氣象台，當河面上出現一大批蜻蜓飛來飛去，也預告即將下雨來了。

往河的上游去，不遠處有個水壩，壩頂旁有一個菜園。水壩有兩個水閘門，壩頂是一個大蓄水池，壩下也有一個大池，水深及腰。壩下大池，水滿溢出，順流而下。俗語說：「水深必藏大魚」。確實如此，下游的大魚蝦喜歡逆流到大池裏聚集。要抓這裏的大魚蝦，就必須涉水冒險，一手提褲管，一手拿網子撈。當然，也可以不必冒險下水去，可以靠池中間的石頭。大池裏，有露出水面的三、四塊大石頭，只要稍加鼓起勇氣，從石頭上面跳躍到水閘門，可以驚喜撈到閘門附近躲藏的大蝦公。「一心想抓大魚蝦」，讓小孩子都變的很勇敢！

壩頂的上游大水池，兩旁樹林茂盛，是一個神祕的令人恐懼的地方。由於人煙罕至，那裏的魚才真真特大號，吸引一些勇敢的溪釣客去冒險。我們這些

小孩子，只能遠遠的遙望。聽說：「那裡有貓掛在樹枝頭！」因為貓有九條命，所以貓走後，大人會把貓掛在那裏，防止牠再回來嚇人！聽到這些話，誰敢去壩頂的上游看呢？

壩頂旁引出水圳，除了灌溉菜園之外，也與我們村莊居民的生活，緊緊的相連。在石門大圳未完成之前，這條水圳是村莊的唯一水源，供每天洗衣的需求。

一大早，洗衣時間一到，鄰居不約而同的提著一大蘿筐的衣服，拿著木盆到水圳洗衣服。左鄰右舍每一家都有固定的洗衣石板，像趕集般的就定位。雙手忙著洗啊洗，搓啊搓，不時還拿起木槌打啊打，此時嘴巴也不得閒。你一言，我一語，談天說地話家常：「那一家種的絲瓜，又嫩又靚，很快就隨風傳開了！」藉著洗衣服，互相交換生活經驗，拉近彼此距離。因有這條水圳，鄰居們感情很好。

這條水圳，也提供水井的地下水源。村莊最初有二口水井，一口是在青瓦房子後面，另一口是在右側廂房後。這二口水井，是使用鵝卵石砌起來的圓形井，井大小約是一個大人的身體。這是使用人工鑿井方式，人到井底將泥土用繩索吊上來，井圈再砌鵝卵石。因為好奇心，每次經過青瓦房子後面那口水井，都想從水井上的石頭縫隙，察看水有多深及乾淨與否。偷看被大人撞見，總會被說：「小心口水不要掉下去，大家會喝到你的口水！」其實長輩是開玩笑的，擔心小孩看的太入神，一頭栽到井裏去。

水井的水位，反應波羅汶溪水的狀況，當下雨溪水混濁時，井水就會有泛黃的顏色。溪流枯水期，往往井水就不夠用。因此，在祠堂外禾埕左前方，靠近水圳邊新鑿第三口水井。這口水井雖然也是人下去鑿，但是使用水泥井圈砌起來。因為較靠河邊，沙質地不穩，不小心會造成井崩塌，改用水泥井圈較牢靠。這村莊能有一口好水可喝，除了要感謝大人們的辛勞之外，也要感謝從天而降的波羅汶溪水。有些水井邊的牆壁，看見「飲水思源」，提醒我們要感恩！

夏天多颱風。聽說颱風來了，小孩子是嚴禁接近溪邊。夜裏，在青瓦房可以聽見溪水隆隆的聲音，但是我們很心安，不必擔心房屋會被水淹到，因為我們村莊是屬於地形的高處，不是低窪區。而且村莊的房子離河岸隔著一條水圳，且還有一段距離。

等到白天雨停，溪水退時，大家趕緊到河邊察看。祖母，媽媽及二嬸最關心河壩旁的菜園。我比較想看河壩堤岸上，很有趣的畫面。沿著壩頂溢出的水，有許多螃蟹向上攀爬，牠們想要回到壩頂的家。一般只知道鮭魚才會想回流到原來的家，沒有想到螃蟹也有此習性。溢洪道水流太急，爬上去幾步又可能被沖下來。螃蟹算是厲害的攀爬高手，能夠在垂直的牆面，或急或徐的移身挪位。

時而用一腳往前撐住，另一腳快速朝上。時而停頓些許，然後以一腳為中心，另一腳旋轉閃入石縫，像似一輛坦克車的瞬間轉身。看到成功攻頂的螃蟹，不由自主的說：「好厲害哦。」大自然的生物，都有一股要回家的衝動啊。

大雨帶來滾滾的河水，總是把溪邊花草，無情的刮過一遍。對它們來說，沒有一次風雨不可逾越，沒有一個春天不會到來。這些牽牛花、鬼針草及月桃，經得起大水的摧殘。不久後，牽牛花爬滿岸邊，河階兩旁的鬼針草黏人衣褲。蜻蜓飛回來了，不時在水面上點水。年節前，媽媽到堤岸邊採集月桃葉。

曾經聽說：「河流是大地之母。」這一條波羅汶溪，不但提供了村莊居民賴以維生的水源，也孕育河流兩岸的花草。在歲月流逝中，見證大自然生生不息的生命力。這條小河流，也有許多童年的回憶，深藏在內心的角落，每當想起時，總令人回味。

溪邊的菜園

這個村莊，家家戶戶都有專屬種菜的地方。像是右廂房與村莊外圍竹林間，有一塊面積很大的菜園，屬於大伯父與三伯父家族。這菜園裏相鄰的每一塊菜畦地，歸屬於那一家，長輩分的清清楚楚。因為每塊地都是有歷史淵源，從上一輩相傳下來。

青瓦房的竹籬笆大門向左，沿著水圳往上游走。河流的上游築一個水壩，從水壩旁邊引出一條水圳。壩頂旁的水圳與河流間，泥沙淤積自成一塊高起於河床，狹長的畸零地。水圳左邊畸零地，是二伯父家族的種菜畦地。水圳右邊就成為我們家族祖母，媽媽，及二嬸共同經營河邊的菜園。

這塊河邊的菜園，是狹長的外形，遠看像一條蕃薯。蕃薯頭在水圳的上流，蕃薯尾在竹籬笆的大門。遠望盡是滿眼的綠油油，看不到菜畦路，不易分辨菜園與水圳，或河邊的界線。

走近細看，菜園的左邊有半圓形的絲瓜架，橫跨在水圳上。瓜苗種在水圳旁，藤蔓攀爬到棚架上，可以擴充菜園的使用空間。棚架材料是自己家庭院旁的綠竹或大勒竹，很容易就能取得又是免費的。爸爸會專挑長度相近，有韌性的青綠竹子，搭這個棚架，可用上好幾個夏天。

金黃色的絲瓜花，點綴在綠色的瓜葉上，引人注目，當然少不了蜜蜂不停的穿梭其間，忙碌著採花蜜。棚架下嘩啦嘩啦的水流聲，上面高掛著翠綠的絲瓜，互相輝映，一股清涼上心頭。

菜園的中央，有一畦長豆菜苗。媽媽對於長豆，情有獨鐘。媽媽說：「長豆好種，很細長，且有厚實的豆莢，做起菜來，顯得份量特別多。」當豆苗稍長，必需攀爬上架，豆莢才有生長空間。爸爸也會在庭院旁的竹林，就地取材抽竹子，為豆子搭三角架。有些豆苗手腳沒有那麼靈活，老是爬不上去，祖母和媽媽澆菜時：「會助它們一臂之力，將豆藤前緣牽引到竹架上。」

菜園的右邊靠近河岸緣，是沙壤土質，很適合種植根系發達，生長力強的冬瓜。每隔一段距離挖個小坑，周圍覆蓋一圈稻草，以防止雜草生長，然後種植一顆冬瓜苗。幼苗長的很快，讓藤蔓往河床方向爬去。但為了控制藤蔓苗的生長速度，不要吃掉所有的養分，媽媽巡視瓜苗時，會順手將頂端的芯摘掉。藤蔓斷芯之後，蔓苗分枝出子藤蔓，有吃到足夠的養分，很快就開花長出一顆顆小冬瓜，散佈在河堤岸。夏季成熟的冬瓜，表面上卻有一層白白的粉末，好像冬天的冰霜，難怪要稱為「冬瓜」。

一塊塊菜畦種了各種菜，在蕃薯尾還有幾株九層塔及辣椒。只有祖母，媽媽及二嬸才能分辨那一塊菜畦是誰負責種的。媽媽常誇二嬸是種菜高手，種的菜又肥大、又漂亮。媽媽說：「二嬸種菜時，會不吝嗇將雞屎肥埋多一點在菜根，等莖深入泥土即可吸收到養分。菜生長過程中，也很捨得多用一點肥料，菜自然就長的好！」跟二嬸學習，媽媽的種菜技術不遑多讓，也有一流的水準。

在番薯尾，即是菜園的入口處，在一大片冬瓜藤蔓中，冒出幾株特別顯眼的蓮蕉花點綴其中。傳說蓮蕉，可以連連帶來好運，右廂房的菜園角落，也可以見到它的蹤跡。橢圓羽毛狀的葉片鮮綠耀眼，紅色的花苞燦爛亮麗。同儕一起在河邊玩耍口渴，摘下花苞吸食底座，一股清甜的花蜜吸入口中。難怪在蓮蕉的花苞，常見螞蟻的身影。

爸爸在水圳的上游，開一個小閘門，這個放水缺口正好就在番薯頭。在春夏豐水期間，放水灌溉一次，省的好幾天都不必澆菜。不然，家裏的勞動力還要下田幹活或出外打零工，澆菜的事情就落在祖母的肩上。傍晚時分，我的祖母一定會出現在菜園，從水圳提水澆菜。身材矮矮的她，長年勞動下來，提水時背挺不起來，彎曲到幾乎半拱形了。我的大姑時常提醒他：「走路腰要打直一點，不然就不要做了！」祖母回說：「該做還是要做，還好有孫子、孫女來幫忙！」

我看到姊姊們，年紀稍長，學校放學後，有空就幫忙提水澆菜。不久之後，等我長大有力氣提水，就輪到我幫忙澆菜。提著水桶晃來晃去，可以用來澆菜時，只剩下半桶，走過的畦溝路，都被弄得溼溼的，我的祖母一點也不以為意。祖母說：「反正到明天早上就乾了！也不會影響採菜。」

　　我的祖母見到鄰居或姑姑，就會誇獎我們這些孫子女，從小就體貼。每次聽到阿婆的讚賞後，做得很起勁，很喜歡被別人誇獎。當時我也是心疼，祖母的腰已經彎到這樣子了，還如此勤勞，小孩子幫一下忙，算什麼呢！

　　祖母說：「家裏有一塊菜園，只要肯勤勞去種，不愁沒菜吃，還可以付給學校當作營養午餐費哦。」祖母要上街賣菜，媽媽及二嬸要很早起床，因為當天採的菜，賣相比較好。天剛破曉，小孩們還在暖暖的被窩裏，大人就在庭院裡忙著挑菜。祖母還到河岸邊，挑些大片的五節芒葉來捆菜。五節芒的莖有韌性可以折疊，雖然葉緣有微小的鋸齒，容易割傷手掌，但是祖母手掌的皮很厚，一點也不擔心。看她挑著菜，順手拿起芒葉，很熟練的捆折成一小把。有一些被挑剩下的青菜，菜葉不夠完整或外表不翠綠，留給自家食用。

　　祖母使用竹扁擔，雙肩挑著菜籃。每樣菜數量雖不多，但什麼菜都有，我家的菜園種的很齊全。走了三公里的路到湖口老街上去賣，有時候會邀隔壁的鄰居一起同行，互相照應有個伴。我的三姊小時候，喜歡跟著祖母上街賣菜。害羞的她，遇到認識的老師，會不好意思躲起來，因為老師會當面誇獎他：「年紀這麼小，懂事又乖巧。」

老師在班上會提起此事，讓她受寵若驚，她淡淡地說：「只是陪著而已，沒什麼大不了的。」

湖口街上，會跟祖母買菜的婆婆媽媽，幾乎都是老顧客。祖母說：「用天然的雞屎肥種的，菜靚很好賣。」

我們家種的菜，都是我們喜歡吃的蔬菜，太多吃不完，拿一些出去賣。使用有機肥料，又不灑農藥，當然贏得客人的信賴，菜很快就賣完了。難怪客人會誇她說：「品質可靠，又講信用。」祖母從街上賣菜回來，除了會帶回幾斤三層肉給全家加菜之外，也不忘買些三色的圓圓小糖果，犒賞我們這些小孩。

隔壁二伯父家族的家增嫂，也常一起去街上賣菜，帶些糖果給我們家的阿香姊。家增嫂家只有三個兒子，欠女兒，特別喜歡阿香姊，老是說：「想收她為女兒。」阿香姊每天放學，跑到家增嫂家去幫忙挑菜。媽媽怕阿香姊被搶走，捨不得阿香姊去她的家。常隔著朱槿圍籬，叫阿香姊早點回家。

村莊裏的嬸嬸嫂嫂聚在祠堂的外禾埕前，最常聊的話題是自家菜園的情況。「今年，我們家河邊的菜園，長豆莢收成好到吃不完，有些就任它成熟，摘下曬乾取出種子。」鄰居知道了，要求祖母分送這些種子，待來年他們播種，也可如此豐收。

大家也互相分享經驗，談著茼蒿菜在那個時節可以種植。因茼蒿菜熱水一燙，快速軟化即可入口，且有一股清香菜味，是冬天煮火鍋的上等配料。祖母

說：「十二月天氣轉涼，是栽種茼蒿的好時機，這樣能在明年一月時可收穫。」鄰居接著說：「對啊，不要種太密，根部透氣才不容易爛！」因為要想高產，大家普遍都把各種菜，種的密密麻麻。你一言我一句，結合大家的經驗，讓茼蒿變成容易栽種的菜。

過年到了，我們家菜園長年菜，葉片豐碩又修長，還有膨大的菜心，讓人很驚嚇的產量。剛好隔壁家今年沒有種，祖母不忘分送成果，讓鄰居可與燙雞鴨後的肥湯一起熬煮，成為圍爐不可少的應景年菜。

一年到頭，祖母不是在廚房，就是在河邊的菜園忙著。春天來了，祖母與媽媽及二嬸忙著拿鋤頭整地，並商量開春準備要種植的蔬菜。爸爸雖然在田裏忙著莊稼，也被通知抽空幫忙，倒竹來修補瓜架。

菜園裏的活忙起來，一樣也不輕鬆。播

種，施肥及澆水，照顧工作都不可以輕忽。對於祖母來說，這是每天做歡喜的事，偶爾身體微恙不舒服，還是要到菜園巡視一番。不久之後，菜園盡是綠色的嫩芽，小蟲蟲也不請而來了。小黃瓜及絲瓜陸續開了花，白粉蝶也來報到。看著菜苗一點點長大，享受收成的喜悅。

偶爾遇到颱風，波羅汶溪水暴漲，菜園難以倖免，總是被雨水沖的體無完膚。祖母，媽媽及二嬸會說幾句：「怎麼這樣嚴重！」看著菜園很心疼，但只是一下子。等雨停水退去，趕快上工整理菜畦地。祖母說：「種在河邊，這是沒辦法避免的事！有些菜，那就改種在村莊後面的水圳邊吧！」一鋤鋤掘地，東挖挖西鏟鏟，不久菜畦的樣子就有了。

溪邊的菜園，牽繫著大家的情感。爸爸在庭院前倒竹，幫忙搭建絲瓜架和長豆架。祖母、媽媽及二嬸細心的照顧這些菜苗。在豐水期，爸爸會在水圳上頭的小閘門放水澆菜，我們姊弟看到祖母腰彎要半拱形還再澆菜，也會主動提水幫忙。

祖母挑賣相漂亮的菜，拿到街上去賣，三姊喜歡陪祖母上街去。村莊的叔叔嫂嫂們，因為種菜多了許多聊天的話題。大雨來了，菜園被沖刷殆盡，但總能在水圳邊，鋤出一點零地：「想種菜，總是能找到一些許的零地」！

村莊的伯公

走出青瓦房庭院，沿著水圳往下游去，過了三合院外禾埕的曬穀場，經過覓蜆仔的水圳，竹林路旁有一座土地公廟。這裏是村莊與農田的界線，也是村莊右邊的重要出入口，土地公廟外就是一大片的農地。

對於土地崇拜，是人類部落群體最原始信仰。而中國以農立國，在農業社會，對土地的依存關係更為緊密。先民相信掌管土地的土地公，可以控制農作物的收成。因此，當耕作順利與豐收時，祭拜土地公，表示對這片土地的尊敬與感謝。

我們客家人的祖先，從大陸渡海來台。在台灣開墾種田，以隨手可得的石頭，拿來當作墾拓起點或是開庄處，早晚去燒香，祈求保佑，全家能平安的生活。等生活穩定下來後，就地打造一個簡單的土地公廟，方便大家去拜拜。

因此，土地公就與我們日常生活緊密結合。舉凡家中大小事，長輩必問一問土地公。過年過節，總是先準備供品，去答謝土地公。感覺就越來越親近，客家習俗更視土地公為家中的長輩般尊重，故也暱稱為「伯公」。不僅在我們村莊，在台灣各地，土地公幾乎無所不在。在田野間、街頭巷弄或山林出入要道，都可以看見土地公的身影。土地公守護每一寸土地，俗語說「田頭田尾土地公」，就意謂土地公遍佈在各地，幾乎無所不在。

我們村莊的土地公，面向流過村莊前的水圳，被大樹及竹林圍繞著。土地公廟後面有一棵大樟樹，樹蔭正好給土地公乘涼。廟左邊有一列細密的綠竹林，夾雜著薛荔灌木。外表綠色，橢圓形狀的薛荔果實，玲瓏的懸掛在竹林中。綠竹林之外有一個埤塘，儲存從石門大圳及波羅汶溪水引來的水源，供下游農地使用。廟右邊有一排粗壯的大勒竹，風一吹，竹管隨風擺動或互相磨擦，發出陣陣的共鳴聲。

土地公廟的地基約十坪大，外型如一間縮小版的三合院正廳，約半個大人高。牆身由磚塊及水泥砌成。門前是斜屋頂，鋪設紅瓦片。屋頂的正脊大樑，架在兩側的承重牆上，尾端翹起如燕尾。

廟裏沒有供奉土地公像，僅正牆上寫著「福德正神」，前有用水泥砌成的香爐，二個蠟燭台放在旁邊。正門前，有一個約三十公分正方的供桌，用水泥砌成高於地面些許。拜土地公前，先要拜天，因此供桌前，也有一個用水泥砌成的香爐。

在土地公廟前左邊，用磚塊砌成半個人高度的金爐。金爐的內部，就如古早炊粿的爐灶，有鐵製的爐條，香灰從灶底清理，而爐頂側邊有留開口來散煙。金爐左邊，也有一個水泥砌成的小香爐。

整個土地公廟，簡單但卻莊重，樸實的外貌給人安靜的感覺。每天早上起床後，爸爸先到祠堂燒香，再點三支香，沿著水圳走到土地公廟。土地公廟有三個香爐，第一支香拜天公，然後再拜土地公，最後再拜金爐。到了傍晚太陽下山時，若是爸媽工作忙，就會吩咐我們小孩，按照此方式燒香。看似普通很平常的一件事，卻經年累月的做，爸爸媽媽不想出遠門旅行，這是一個很重要的原因，他們擔心無法按時早晚燒香。

過農曆新年前，除夕清晨一早，爸爸會特別帶著抹布、勺子、臉盆和紅紙到土地公廟清香爐。先燒香告知土地公，過年到了，今日要清香爐及打掃除。用勺子將香爐中的香灰盛出來，放在紅紙上。然後用抹布沾清水，將香爐擦拭乾淨。然後擦拭蠟燭台，等到香爐的水漬乾後，燒金紙放入香爐，再放回一些香灰。三個香爐清理完成，燒香告知土地公，已清理完畢，土地公可以舒適地保祐大家。

除夕夜燒香時，會特別將蠟燭點亮，直到明早。但是風大，蠟燭容易熄滅。有一年，隔壁鄰居的大哥，從家裏拉一條電源線，在土地公廟門內裝一個五燭光的小燈泡。爾後，在傍晚燒香時，就打開小燈泡。因此平常時間，只要在晚上，土地公廟都有點蠟燭一樣的亮光。

大年初一早上，吃完早齋，整個村莊第一件事就是家家戶戶結伴到土地公廟拜拜。前一天晚上，爸爸就會查看農民曆，初一早上出門的吉時。爸媽帶頭全家到齊，帶著一盤水果、一包糖果及金香銀紙一起出發。這是一年之中，土地公廟最熱鬧的時間！平常時間大家很忙，難得會同一時間出現在這裡。大家忙著向土地公拜年，感謝保佑家人平安之外，也趁此刻互道恭喜，談笑中問問鄰家的孩子近況。「過年幾歲了？」「在學校成績怎樣？」孩子長大，就問「在那裏工作？」「要成家了嗎？」這些簡單的問候語，講在大人嘴邊，無形之中卻讓給我們這些小孩子提一個醒：「我們大一歲了，應該想想未來要怎麼過。」

除了農曆過年之外，元宵節，清明節，端午節及中秋節，這些中國人最重視的節日，爸媽一定不會忘記準備三牲禮，來土地公這邊拜拜。尤其是農曆的二月二日是客家人的清明掃墓節，也剛好是土地公的生日。習俗上，拜土地公的日子，稱為「做牙」。而二月二日是年後第一個拜土地公的日子，所以又稱為「頭牙」。做生意的人，也會利用這一天拜土地公，並宴請員工。

大節日，有城隍廟、媽祖廟、三元宮、土地公及祠堂都要顧及到，三牲禮需要好幾副。城隍廟一副牲禮，媽祖廟及三元宮同一副牲禮，土地公及祠堂數也同一副牲禮。同一副牲禮，媽媽說：「禮數要注意到。」例如，「土地公的神位階高於祠堂的阿公婆。」

所以，媽媽準備全雞，一塊三層豬肉，及豆干這樣的三牲禮，先請爸爸去拜土地公。回來後，將其中的豆干這份牲禮，換成雞蛋，就算是新的三牲禮，可以拿去祠堂拜阿公婆。

土地公掌管我們村莊這片土地上的大小事，是我們最親近的神明。對於土地公的信任，深植到爸媽的心裏。舉凡姊姊們要外出工作，我要出外唸書或是面臨大考，爸媽都要到土地公面前拜一拜，誠心敬意的秉告土地公，並請土地公作主。雖然她不曾對我們說心裏的話，但是在土地公面前，口中念念有詞，並且一再重複。爸媽相信土地公會保佑不在身邊的孩子，就像一直守護這個村莊。「土地公保平安」，已成為無可替代的心靈信仰。

數十年如一日，土地公靜靜的守護著每一寸土地，照看我們生活的點滴。我們吃的每一粒稻米、蔬菜都是受到土地公的庇蔭而成長。土地公已深深連結著我們的生活，並產生情感，成為村莊的共同記憶。

環境多變，土地公廟周圍的農地，經過土地重畫合併，並拆除農田之間的防風竹林。廟前面的水圳截彎取直，左邊的埤塘夷平，作為農田。但土地公廟的外觀，仍是後有大樹和左右各有竹子結為一體，已是這個村莊不變的地標，也代表那一份「尊重土地及崇敬自然」，永不變的初心。

京兆堂傳家

走出青瓦房庭院，沿著水圳往下游去，到了三合院外禾埕。往三合院的中心走去，經過紅磚牆的內禾埕，就到三合院的祠堂。祠堂的方位坐北朝南，門口面對著波羅汶溪。祠堂的正廳門楣上，橫刻著三個字「京兆堂」。

祠堂前的內外禾埕，是農忙收成時，村莊的叔叔、伯伯在這裡曬穀的地方。農閒時，內外禾埕放置稻草堆。小時候跟鄰居同伴，蹲在內禾埕的水泥地上，玩打彈珠，或在外禾埕的稻草堆間捉迷藏。外禾埕最顯眼的地方是靠近水圳旁突起於地面的一口水井，這是上學排路隊的集合處。早晨上學時間非常熱鬧，有父母親叮嚀和催促聲，也有小孩嚷嚷的吵鬧聲。

祠堂的正廳，左右二邊門邊各有一個插香的圓形小竹筒。供桌正中間有佛祖的牌位，右邊是觀音菩薩的牌位，左邊是祖宗的牌位。佛教漢化後，佛祖和觀音菩薩是民間最普遍的信仰。我們家族沒有吃齋唸佛，但從祠堂正廳牌位擺放位置，就可以得知長輩對佛祖和觀音菩薩很敬重。

正廳的左邊上，懸掛著曾祖父，曾祖母的二張黑白的畫像。曾祖父理個小平頭，曾祖母梳個圓包頭。他們穿著黑色的長袍馬褂，正襟危坐地坐在椅子上，雙手放在膝蓋上。椅子旁邊有個小茶几，茶几上擺著大花瓶。曾祖父，曾祖母的表情很嚴肅，沒有露出一點笑容。猜想在他們那個年代，身為大家族的長者，為了樹立個人威嚴，難怪表情不輕鬆。

祠堂被視為家族的根，把所有血源相近的各宗親家族連結在一起。守護這個地方，讓香火不會中斷，是家族的要事。家族派下成員，每一年互相的輪流分工，每天早晚要到祠堂燒香。金香放在正廳左邊的四方桌上的方桶裏。燒香時，取七支金香。拜拜的規矩是最先拜天，插在禾埕圍牆中的插香座。然後，拜佛祖，觀音菩薩，祖宗排位。接著拜神桌底下的龍神，然後左門神，右門神。

輪值到我們家時，爸爸清晨一早起來，就去祠堂把門打開，電燈關掉，燒七支香。到了傍晚太陽下山前，再去祠堂把電燈打開，燒好香之後，在離開之前先點三支香，待會要到土地公廟要用，然後將祠堂的門關上。若是爸媽忙沒空，就會吩咐小孩按照這流程去做。對爸媽來說，祠堂燒香是例行要事，不可一日不做。

祠堂除了每天早晚燒香之外，每月初一及十五日早晨要奉茶，並挑選其中一天的中午或傍晚「拜明爺」。媽媽說，明爺就是全部的「神明爺」。因此，拜明爺就是準備佳餚，拜祠堂裡供奉的神明，有佛祖、觀音娘及歷代祖先等。

拜明爺前，媽媽在廚房忙時，爸爸就先去祠堂將四方桌及長板凳，擦拭乾淨。四方桌一邊在神明牌位前，另外三邊擺上長板凳。桌左邊另外加一張長板凳，上放一個臉盆，內有一條乾淨的毛巾及洗臉水。

媽媽飯菜煮好，用長扁擔挑兩個大米籮，將佳餚送到祠堂。四方桌上食物擺的滿滿，有炒麵、煎魚、煎豆腐、煎菜脯蛋及煮竹筍湯等。拜明爺這一天，是全家快樂的時光，因為餐桌上加這些菜。若小孩在外工作或是唸書，媽媽會事先提醒我們，拜明爺的這一天，記得要回家吃飯。家裏有好吃的東西，爸媽總是不會忘記要留給小孩子。

祠堂最熱鬧的日子有年前除夕、年後初二、端午及中元節，四大節日的祭祖活動。祭祖是家族成員，每年必要參與的一件大事。正廳門楣上的「京兆堂」三個字，是追溯家族根源重要的線索。這一本《京兆堂家族譜》，記錄著家族的歷史，後世子孫據此知其本源。

京兆堂的族譜，紀載肇姓氏系黃帝，昌意，顓頊，卷章，黎氏。黎氏先祖居住在中原地區，漢初時移居「京兆」地區，就是京城長安附近，在現今的陝西西安市。漢代古書還有記載：「家族世代，人才輩出，門閥簪纓，京兆黎氏有三秦望族之稱。」

由於北方民族的南下牧馬，先祖往南方遷移。從京兆開枝散葉向四方八面冒險，尋找新的安身立命的地方。最早南遷從西晉開始，北方的匈奴、鮮卑羌、羯、及氐等少數民族入侵，使中原陷入「五胡亂華」的局面。五胡亂華結束後，隋唐盛世，漢人再次統一中原。在唐代時，先祖黎幹官拜「京兆尹」一職，就是京兆地區的行政首長。因此「京兆」二字，再次獲得黎氏家族心理的強烈認同，成為家族的光榮代表，木本水源之所在。

之後安史之亂、黃巢之亂，以及宋代金人入侵，又造成一波漢人南移運動。在宋朝歷史，已記載南遷到廣東的梅州與惠州一帶。因為此時戶籍有「主」「客」之分，移民入籍皆編入「客籍」，而「客籍人」遂自稱為「客家人」，有到此作客，請多多照顧、包涵的意思。家族譜記載我們家族從中原的漢人，到宋代變成客家人。

隨著時代的演進，家族成員融入當地的環境與文化，除了有些仍使用「京兆堂」有歷史淵源的堂號，也衍生了四川的「經術堂」、海南的「載酒堂」等堂號。《京兆堂家族譜》記載的每一個堂號，都有其精彩的故事，鼓舞後代家族子孫，傳承優質的家風。

以四川的「經術堂」來說，它的由來就是北宋的先祖黎錞，曾狀元及第，並通曉經術。宋英宗曾問歐陽修：「蜀中有何名士？」歐陽修回說：「文學有蘇洵，經術有黎錞。」因此，宋英宗封之為「經術博士」。先祖與蘇洵齊名，後世子孫，與有榮焉。

以海南「載酒堂」來說，是北宋文人黎子云的住宅，曾與蘇東坡有一段流傳千古的佳話。蘇東坡晚年貶官到海南島，聽說當地的文人子云，家貧好學，勤耕雨讀，侍母至孝，而且家有許多藏書。因此，東坡時常去拜訪他，並成為至交好友。東坡也傾心傳授學問給當地民眾，大家攜帶束脩，爭相載酒攜肉相贈，表達對東坡的敬重。東坡特書一匾「載酒堂」給子云及當地民眾留念。

廣東多山、多丘陵，已不敷家族發展所需。因此先祖渡過黑水溝，就是現今的台灣海峽，到台灣來墾荒。「京兆堂」這個堂號，也隨著先祖的記憶，渡海來台。建立家園時，將這三個字，放在三合院的正廳門口，以示不忘本。

近代家族譜，從廣東梅縣的天麟先祖為第一世開始。曾祖父是第二十二世，我的祖父是第二十三世，爸爸是第二十四世，我是第二十五世。我幼時的好幾個玩伴，是大伯的孫子輩，因此他們都是第二十六世。因此，羊喜村莊有二十二世到二十六世，五代人曾經在此生活。

曾祖父的五代子孫，在台灣各地方開枝散葉，生根立足。「京兆堂」這三個字，也將分散在各地的宗親聯合起來，形成一個互相幫忙的共同生活體，形成「宗親會」的組織。

「宗親會」伴演很多的角色，是除了政府之外，民間自動自發形成的一股強大社會互助組織。各家族有婚喪喜慶，宗親會號召宗親出錢出力，全力動員幫忙。有經濟上困難的家庭，會得到宗親會的幫忙。家庭中有小孩子唸書需要學費，宗親會有獎學生助學生可以申請。宗親會也會辦理旅遊活動，或回大陸祭祖，連絡大家的感情。

小時候，宗親會的瑞芳宗長，就時常主動關心我的學業，詢問是否有需要幫忙，讓我感覺受到照顧。而我的爸爸，也常常參加宗親會辦理的旅遊活動，除了參訪各地的寺廟、景點之外，也觀摩其他縣市的宗親會運作情況。前幾年全省宗親會，聯合起來到大陸廣東旅遊，走一趟很特別的尋根之旅。

「族必有祠，家必有譜」。「京兆堂」這個堂號，是續修家譜的依據。家譜是家族的歷史，讓後代了解世代的傳承，所謂「知世系之不紊，長幼之有別。」長輩說：「在兵荒馬亂逃難的時代，除了金銀財寶之外，最重要的是攜帶家譜。」因為不管你身在何方，或走到多遠的地方，家譜上有你的名字，你就是宗祠的傳人，可以追溯本源。

有了「祠堂」及「家譜」，加強了宗族間的認同，讓承傳的脈絡更加的清晰完整。正如祠堂門口左右對聯所云：「京都世第千年盛，兆梓家聲萬載興」。以「京兆堂傳家」是全世界各地方的家族成員，共同的歷史，有著世世代代的情感。

第二章　紅磚瓦舍

1. 紅瓦往事
2. 黃梔與洋菇
3. 家中有豕牛
4. 那麼的種
5. 仰般收穫
6. 禾埕風雲
7. 入年假味
8. 打粄頗羅
9. 滾編紙炮

紅瓦往事

住在青瓦房屋這個大家庭，我的祖父那時的想法：「兄弟長大，就要分家，各自打拼。」

分家要先首先要解決居住的問題。在青瓦房後面的水井旁，有一大片空地上蓋起新式的紅磚瓦房。新家坐東朝西，家門口的禾埕正好是祠堂的背後。

新家的左邊仍與青瓦房屋相連。家的正門禾埕前，有一列紅磚圍牆。禾埕的左邊是祠堂的正背後，祠堂的地勢低，與禾埕有隔著一條落差半公尺高的排水溝。禾埕的右邊是狗屋、牛欄、禽舍及豬舍，房舍後面是村莊最外圍的防風竹林。

時代進步，新家房屋的牆面，從黃土摻入稻草、稻殼做成的土磚，換成用黏土燒製的紅磚。屋頂亦由古樸的青瓦，換成風格些許不同的紅瓦。那時蓋新家，是全家族一起出力的事。除了要請有經驗的蓋屋師傅，主導施工的進行，長輩們也要親力而為，以節省蓋房子的費用。頭頂著火辣的太陽，師傅彎腰蹲著砌牆，爸媽幫忙運送磚塊，忙碌的穿梭其間。做這粗重活，爸媽從不喊累說腰酸背痛的。

紅磚牆面完成後，師傅開始鋪設屋頂的骨架樑木，及承受瓦片的長椽木條。

蓋到最上面那一支最粗大的樑木時，都要舉行「上樑」儀式。祖父查看農民曆，找日子比較漂亮的一天。時辰一到，左鄰右舍也都會過來看熱鬧。祖母準備了三牲禮及水果，長輩們一起祭拜地基主，天公及土地公，祈求工程平安。接著，工人們協力將主樑用繩子拉上去，擺正定位。燃放鞭炮慶祝，鄰居恭賀「上樑大吉」，享用祖母準備的湯圓。

剛開始建屋時，小孩子還可以好奇到工地看看，但是在上樑之後，就被叫的遠遠的，不能在屋簷下。因為接下來進行屋頂鋪瓦，被碎磚碎瓦砸到，得不償失的事！鋪瓦也是一門手藝，師傅行走在尖斜式的屋頂，身手要矯健，腳步需輕巧，宛如武俠小說的飛簷走壁的功夫。在地面上，二個工人各自使用一支鐵鏟，協力將石灰，細砂和水混合成灰泥，來回攪拌，衣服沾滿了水泥灰。再

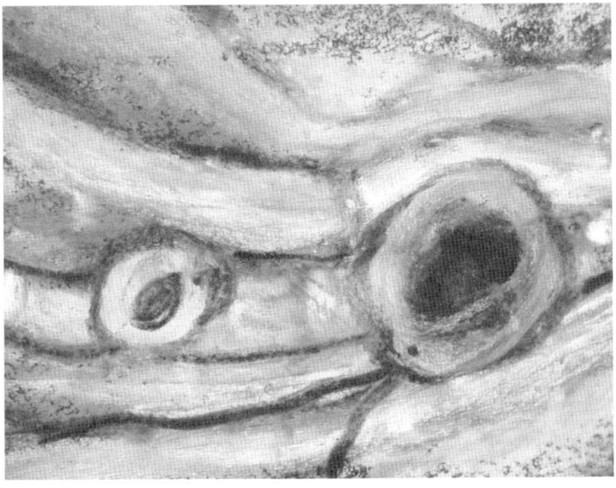

將灰泥使用水桶，一桶一桶吊到屋頂上。

紅磚瓦舍的新房建成了。由一塊塊的紅磚砌成的牆面，簡單又自然。黏結磚塊的縫隙，仍露出水泥的痕跡，但厚實的紅色，讓家感覺溫暖。而紅瓦是中華歷史悠久的當家屋頂。在中華文化中，與喜事幸運有關的事情，都使用紅色來彰顯。新家使用紅磚及紅瓦，代表生活環境變好，也有一份對未來更好的期待。

新家有客廳、廚房及廂房等。客廳的左邊是廚房，客廳的右邊是廂房。廚房旁有一個走道與青瓦房的三間房間相連。走道的兩邊，左邊有一布簾，隔間成為盥洗室，右邊堆放材火。

客廳是我們家「代工」的場所。媽媽曾代工過剝黃梔、滾紙炮、裝配聖誕燈泡及編紙炮等。那時候政府推行「客廳就是工廠」的口號，號召全民加入生產的行列。我們家也順應潮流，代工來增加收入。只要肯做，就不怕沒飯吃。全家的小孩，從小都跟在媽媽的旁邊，只要有貨進來，就幫忙媽媽趕快把事完成。因此跟媽媽的感情，就是在這一段代工時間，一點一滴的累積。若我有一點點勤勞的好習慣，也是跟媽媽學的。

代工賺錢了，買了一台黑白電視機。爸爸在客廳的左邊角落，釘一個木架平台，放這台電視機。這是全村莊第一台電視機，買的那一天，全村大小很好奇擠著看：「怎麼有人在螢幕上，邊說話、邊走動，感覺好神奇！」我們家對於這個新鮮科技也很著迷了！爾後吃飯時間，最佳的配料是「電視」！我的爸爸有時會不耐煩說：「有電視好看，吃什麼菜都不知道。」而我也不管這些，眼睛只顧看上演的卡通影片「科學小飛俠」！所以，吃飯加湯咕嚕咕嚕吞下去，懶的用嘴巴慢慢嚼青菜，看電視要緊。

那時候有少棒，青少棒及青棒在美國比賽，幾乎年年拿三冠王。要爭奪衛冕時，台灣的時間常常是凌晨二三點。沒有鬧鐘但時間快到，我總是會自動醒來。擔心吵到爸爸，從廂房靜悄悄的摸黑到客廳，不敢打開客廳的電燈。摸到牆腳，輕輕的扭開電視的開關，聲音轉到最小聲。看到戰況緊張，緊拳握頭，手心竟然滴下汗水。看完最後一局，終於拿冠軍了，才會安心的回床睡覺。

電視機旁的右邊牆壁上，貼著一張長方形的大紅紙及一排的獎狀。大紅紙像是一張放榜單，這是中元節調首名單。爸爸每年去義民廟領調，貼於牆壁上，保祐闔家平安。調單寫著今年義民廟輪值的庄頭爐主、副爐主及觀音首……等。這些輪值的代表，除了個人要自願為大家服務之外，也要在神明面前，舉行慎重的擲筊儀式，用至少三次的卜選來決定。能夠雀屏中選，都是很幸運之人。

一排獎狀是在學校拿到的，只要月考前三名都有。好像是發生在青瓦土牆時，大姊在學校拿到獎狀，爸爸高興的將它們貼在牆壁上。獎狀的魔力真大！

我一旦拿到一次後，下次考試還想像大姊一樣，再次拿到。沒拿到獎狀，好像自尊心會受到傷害。因此，拿獎狀成為不用人提醒，就會乖乖的捧著書來唸的動力。

廚房是會變出好吃食物的地方。因為在客廳代工進貨空檔時間，媽媽會做粄，犒賞我們小孩。任何米到我的媽媽手上，她可以變出許多意想不到的點心，她是一位道道地地的「粄食專家」。

隨著節慶，媽媽很會打粄。平常時，打水粄非常容易，可甜可鹹，當早餐或點心。割稻時，做米篩目。有喜事時，做湯圓，粢粑。清明節做艾粄，紅龜粿。端午節做粄粽。舊曆年入年假時，做發粄，甜粄，菜頭粄，菜包。小孩幫忙在磚頭大灶起火，灶裏有熊熊的火燄！等水滾打開鍋蓋，大鍋的蒸氣佈滿了廚房，一時半刻，熱騰騰的點心，馬上可以上桌享用。

廚房是我們懷念的地方，在記憶中，有一年冬天，爸爸叫我們蹲在廚房的大鍋灶旁邊，不要亂走動。我們動也不敢動，呆坐在那裏！只見到大人的腳，在我們面前走來走去，我們只有望著冷冰冰的大灶裡頭。因為黃膽病，阿香姊姊那一天走了。感嘆命運捉弄人，阿香姊跟我們緣份淺，早早離開人世。

後來，時常聽爸爸媽媽提起「青草湖」的事情。媽媽對爸爸說：「有收到信，要匯一些錢過去，免得被丟到大河壩裏去！」爸爸回說：「那是我們用錢為她買的位置，他們不會這樣做的。」因為阿香姊是姑娘身，按習俗不能放在祖塔，只能在青草湖靈隱寺買個位置安放。

偶爾在家裏，看見顏色鮮豔的飛蛾，媽媽總會說：「不要傷害牠，把牠請到外面，比較安全。」一起初我也搞不清楚，到底是怎麼回事。原來是媽媽從小就上山砍柴，那時候砍柴的地方是荒郊野外，都有墓地，飛蛾是常見的。飛蛾讓我們聯想到是去世的阿香姊變成的，我們都永遠懷念她。

廚房旁邊的走道，有一個布廉隔間的盥洗室。爸媽出外工作晚回家，媽媽會先交待我說：「在傍晚時分，大灶燒好水，在加上一些水缸的冷水，提到旁邊的浴室，跟弟弟一起先洗澡。」弟弟當時年紀很小，很喜歡打水仗，每一次洗澡，都要把洗澡間弄的全濕，濺出浴室潑灑到走道。還要把我的頭髮弄溼，才肯罷休。而我，只想把他趕快洗好，在邊哄邊趕的情況下，趕快交差了事。

過了盥洗室，有三間房間，這些都是舊的青瓦房屋。一間是儲藏室，一間是姊姊的房間，另外一間是我和爸爸媽媽一起睡的房間。我小時，媽媽晚上睡覺，常抱在胸前，有安全感快入睡。到了念小學，晚上我會幫媽媽抓一抓背癢。農忙時，媽媽白天工作，背長時間被太陽曬，往往奇癢無比，擦藥時好時壞。媽媽說：「抓一抓，很快就睡著了。」

姊姊們很早就在外地上班，姊姊的房間經常是空閒的。大姊小時到陽明山附近，聽說在很有錢的人家工作，因為距離家很遠，很少回家。但是聽祖父說，按月薪資都準時寄回來。直到辭去工作，要出嫁前在家住一陣子，我才開始對大姊有一點印象。

二姊及三姊，剛好遇到經濟大起飛之時，到處的紡織廠欠作業員，因此只要肯做，很容易找到工作。紡織廠都有提供員工住宿，放假日姊姊回來時，行李袋都會裝一些糖果或餅乾送給弟妹。週六傍晚等姊姊回來，我跟弟弟都會擠到姊姊的房間，等著送我們小點心。姊姊很會聊在工廠發生的生活點滴。在生產線上，做的不能太快，也不能太慢。太慢的會被領班唸不停，太快的被同伴嫌不配合……。每逢週末，隔壁鄰居說，聽到一陣陣的談笑聲，就知道我們家出外的姊姊回來了！

在紅瓦下，度過我的少年時光。從新家的砌建開始，媽媽在客廳做手工活，爸爸貼獎狀及領調單。在廚房看媽媽打粄，想到年少的阿香姊走了。跟弟弟一起洗澡，跟媽媽一起入睡，及在家門等待姊姊放假回家的心情。小時候，一些單純又會觸動內心的畫面，特別能夠留下印象。它們像是昨天剛發生的事，那樣熟悉值得回味。

黃梔與洋菇

石門水庫剛建成，水源並不充足，村莊四周種植耐旱的地瓜，當作三餐主食。在青瓦房屋前面的小溪，對岸種植一大片黃梔花田，提供額外的收入。黃梔花的經濟價值在於它的果實可以作為中藥材使用，也可提煉出天然的黃色染劑。

黃梔花，從遠處就能聞到它那淡淡的清香，走近把鼻子湊到花的面前，彷如蜜蜂用觸角輕觸花朵，一股濃郁的香味，拂都拂不去！花初開時呈白色，有六枚深裂的花瓣，漸漸轉成乳黃色。花成熟後，結成的中間果實，形狀像古代的盛酒器「卮」，故取名為黃梔。果實硬而結實，長度大約三公分，兩端尖銳，呈現出六條綾線的橢圓形。果實成熟後，由綠轉成橙黃色，就是收成的時候。

「剝黃梔」，成為全村家家戶戶的打零工活。我的媽媽帶著小孩，提著大約三十公分高的水桶，越過小溪去採集果實。過了河，撲鼻而來，是一陣陣熟悉的味道。小孩子忙著用鼻尖頂著花朵聞著不放，聞不過癮，換別的一朵花聞！媽媽提著水桶，四處找尋橙黃色的果實。大約一小時光景，桶子裝滿裡頭約有幾百粒的果實。

拿回家後，在廚房的大灶起火。等水煮沸後，將果實放入鍋中。一時半刻，撈起一個果實，用指甲試剝一下果皮，若可以順利剝下，則全部撈起放入桶中，放一會兒冷卻。

媽媽將裝滿果實的水桶提到客廳，然後坐在小板凳上，將一個長木板架在水桶上。媽媽使用刀子先將頭尾削去，將果實給小孩，幫忙剝去外皮。我們從果實的頭處往下方，一片片剝去黃梔的表皮。指尖免不了會染上黃色的汁液，有些表皮黏住果實，用指甲去摳，因此指甲裏面也會塞了一些黃色的果實，讓我們小孩有些困擾，要把他再摳出來。

代工酬勞是按剝好果實的重量計算，這時每戶人家都要跟老闆斤斤計較了，你一言我一句，秤了再秤。有些鄰居覺得利潤不好，做沒多久就停了。媽媽只要到黃梔花成熟，就會去接這一份的工作。媽媽覺得小孩還小，不要跟爸爸外出工作，在家賺錢比較好。

剝好的黃梔果實，從村莊北邊竹林田間小路連接到湖中路，走到台一線，穿越馬路送到老闆的家去秤重領錢。當時小小的我，面對眼前這一條馬路，總是有股莫名的恐懼。穿過馬路，好像是一趟遙遠又危險的旅程。有一天傍晚，我陪媽媽提著水桶，帶著剝好的黃梔果實，準備過馬路到老闆的家。我沒注意到摩托車，自己跑過去，竟然被車撞到。臉上流血不止，那一輛摩托車的主人，載著媽媽和我，往北急駛到長安的診所。

那時候，醫藥並不發達，這一點皮裂之傷，是不需要麻醉。媽媽硬抓著我的頭，叫我不要亂動，不管我怎麼哭鬧，趕快的縫了幾針，肉有一直被扯的感覺。現在左邊的額頭上，還留著這些疤痕。

那時候，我念小二，之前學校的功課平平，被撞之後，功課開始變好。大家都笑我，好像開竅了。到現今過馬路，不管有沒有車，我都要確定再三，左邊看一次，右邊看一次，反覆看好幾次，才敢過去，只能說「一朝被蛇咬，十年怕草繩」。

偶爾去爬山，在路邊看到黃梔花，雀躍不已。它是那麼的熟悉，忍不住向前輕聞花香。它伴隨我的童年，也許因為它的出現改變我，誰能說定呢？而我內心也有一份記憶，媽媽不浪費每一分鐘，兢兢業業剝黃梔賺錢。媽媽全是為了讓這個家，那一份的心看在眼裡。

隨著石門大圳的開通，小溪對岸的黃梔花田，變成一階階的稻田，不再有黃梔可代工。村莊四周的地瓜田，很多也改種稻。在紅瓦房的豬舍及牛欄旁的防風林外面，這一塊農地因緊鄰湖中路，往來方便。我的祖父，爸爸與二叔，在這裡蓋起一間洋菇寮。在五十～六十年代，鄉村興起了種洋菇的熱潮。種洋菇是很多農家經濟的重要來源。鄉間到處可見一間間稻草蓋的洋菇寮，成就台灣成為「洋菇王國」的美譽。

耕田人家，稻草的來源不虞匱乏，提供種植洋菇很有利條件。除了洋菇寮的外表需用稻草鋪蓋，稻草與肥料混合，也可以做種植洋菇的有機堆肥，大幅降低成本。而羊喜窩山上的紅泥土，經過搗碎篩選後，給洋菇最佳生長環境。

家裡有一台像似包公的虎頭鍘的外型的鍘草刀，大人先將稻桿浸水變軟，將稻桿一小節一小節的放進鍘草刀，按下鍘草刀的把手，將稻桿切成一小段一小段。在禾埕上，給這些加上肥料的稻桿灑水，在大太陽下悶曬幾天，就成最天然的有機堆肥。

洋菇寮裏面有二個走道，走道兩旁各有三層用稻草平鋪的菇床。縱然是大白天，寮裏仍然黑漆漆的，只有點亮幾盞鎢絲燈泡。將有機堆肥上架，平整鋪在菇架上的稻草上，然後灑種、覆土及噴水。密閉的洋菇寮裡面，爬上爬下，在汗流浹背下完成栽種工作。

洋菇收成，挑清晨大早。小孩子躲在被窩要起床時，大人們已在狹窄昏暗的走道中，工作大半天。從土裏亮出頭來，像雞蛋般大小的洋菇，顆顆潔白無瑕有如白玉，此時所有的辛勞得到補償。

它如草莓般脆弱，手指需小心的抓住菇傘輕輕地旋轉，才能將白玉拔出紅泥土。不小心碰撞到，讓菇傘變黑，賣相就差了。若不慎過時採收，內部罩摺變黑，只能自家食用了。洋菇的採收，是跟時間賽跑。不但要小心翼翼，還要趕在天亮前送到市場。

菇寮裏，點點的白菇，能獲得的利潤對我們家來說，是一筆不小的經濟來源。菇寮外，紫色的牽牛花從旁邊的竹林中穿出，向上攀爬四處延伸，將洋菇寮點綴的綠意盎然。大紫色的花瓣，在晨曦中緩緩開起，綻放清麗的容顏，訴說歲月靚好。

但生活中，總是會有不確定。有一天深夜，紅透半天邊的亮光，驚醒了整個村莊的人們，洋菇寮起火燃燒了！稻草與竹子骨架助長火勢，迅速的曼延到整個菇寮。大人們提著水桶，站在遠處觀望，根本沒有任何機會可搶救。那時沒有電話可用，要騎著腳踏車去消防隊求救，緩不濟急而作罷！

在黑夜中是那麼的沉靜，沒有吵雜的喧鬧聲，也沒有消防車急促的警報聲，只有熊熊大火燒竹子的聲音。大家看著大火將洋菇寮燒成一堆灰燼，然後散去，回家睡覺。小時候的我，第一次見識到大火的無情，內心感到很惶恐，根本無法再入睡。

天一亮，趕快跑到遭祝融之災的洋菇寮看看，內心很難過。真希望它是夢一場，無耐眼前就是黑茫茫的一片。面對這樣的變局，大人們的心情寫在臉上，我們小孩平時愛鬧，此時連呼吸也要輕輕的。不管是祖父，爸爸或二叔，並沒有因此事而爭吵，他們默默的承受這結果，沒有去追究為什麼會這樣。對他們來說，事情已至此，人都有平安就好了。

這一塊地，之前曾經蓋過一座洋菇寮，因為使用多年，破舊不堪再用。現在這一座新的洋菇寮，在大火中付之一炬，損失不貲。稻草灰與泥土混合，地質很肥沃，適宜種植蔬菜。因河邊的菜園，大雨沖刷，種植面積日益減少，這一塊地正好補上當菜園，生活上不虞匱乏。不久，旁邊的防風林竹子長起來，牽牛花也回來了，那迷人的花朵仍然在晨曦中展顏。

時代的巨輪，往前推進，不曾停歇。從剝黃梔到種洋菇，都不再是一門好生意。而石門大圳提供充沛的水源，讓種植水稻，成為農村下一波的經濟型態。村莊的四週，將迎來一片片綠油油的水稻田！

種洋菇的這塊地，亦如小溪對岸的黃梔花田，也改種水稻。過了十幾年，我們家在此地蓋起來一棟樓房。再過二十年，高鐵在這裏經過，樓房拆遷，成為高鐵下的馬路了。這段回憶，真真見證了滄海桑田的景象。

家中有豕牛

紅瓦房屋的客廳右邊，蓋起了兩間豬欄。在這個村莊，家家戶戶有養豬。中文字的「家」，字的部首寶蓋頭「宀」，就是「一個洞穴」，代表有屋頂的房子，下面有一個「豕」，就是家中有養豬。養豬代表這食物來源沒問題，這是人類從游牧狩獵生活走向定居生活的轉折點。

想像幾千萬年前，人類在山林間生活，山林有的兔子，羊，牛……等，這些動物活奔亂跳的，要捕捉飽餐一頓不容易，只有養豬在家裏，生活沒問題，才有一份安全感。因此「家」這字，天生就是一個讓人得到溫飽且心安的地方。

我們家的兩間豬欄牆上，隨時都有「六畜興旺」的紅紙條，以保佑豬隻生長順利，平平安安。關豬的矮牆是使用磚頭砌成，高約一公尺。入口開一個小門，使用五塊木材當柵欄，只有當賣豬的時候，才會把柵欄打開，趕豬出來。矮牆內有個豬盆，也是使用磚頭砌，高約三十公分，用勺子將食物從牆邊倒入。矮牆轉角有一個孔，讓豬的排泄物與糞坑相連。豬糞是最天然的有機肥料，一點也不能浪費。有句話說「肥水不落外人田」，要拿來當作菜園的肥料。

我們家養豬，一向都有一條母豬。因為可以繁衍小豬，這是一項生財的好方法。母豬的任務，就是生小豬。為了讓母豬每次都可以生一大窩的小豬，要吃特別的飼料「歐羅肥」，這是古早飼料營養素。在豬吃的麥片及玉米中，添加歐羅肥，母豬長的特別好。爾後，大人們看到鄰家的小孩長的快，都會開玩笑地問：「你是吃什麼歐羅肥長大的！」

一般豬，平常只能吃「豬菜」，這是一種的比較難吃的「地瓜葉品種」。豬菜非常容易種植，從栽種到成熟的生長時間比其他作物短。此外生命力強，遇到颱風或豪雨，比其他葉菜類的抗水性強，能在短時間內復原再生。因為豬菜莖葉纖維質，又粗又硬，蟲挑食不吃，所以種植不需特別照顧，又不用買農藥，最省成本。

豬偶爾也會加菜，能吃到番薯籤。媽媽將番薯搓洗乾淨，刨成絲狀，成為一絲一絲的番薯籤，放入大鍋與豬菜一起烹煮。媽媽會特別交待小孩，三餐洗米水要留下來，跟豬菜一起在大鍋煮，幫豬增加營養品。

豬看到媽媽來餵食時，都會很高興的嚎叫！豬肚子餓的尖叫聲，一百公尺外都聽得到，聽說噴射機起飛的噪音，與豬的叫聲，分貝值差不多，約一百分貝。豬的叫聲，會引起很多麻雀的關注。紅瓦房旁的防竹林，至少有三十隻以上的麻雀。豬在吃，麻雀吱吱喳喳地在屋簷邊，飛來飛去！等豬吃飽，跳到豬盆旁邊，「有免費的午餐」可以吃。

豬的胃口很好，很容易養，不管吃什麼，都津津有味！因此，大人都說「豬吃太好，太傷本了」。一大鍋湯湯水水，有一點點豬菜，偶爾加些番薯籤或麥片，倒入豬盆裡，豬吃起來「卯卯卯……」的聲音。小時候吃飯配湯，若出現「卯卯……」聲音，準會被大人唸說：「像豬一樣的吃飯」，太大聲了！

有人會覺得豬很髒，不愛乾淨，其實不是這回事。豬都會在固定的地方小便、拉屎，在乾淨的區域睡覺。只是豬的活動區域，都在同一個豬欄內，才會被誤以為豬不愛乾淨。我的爸爸定期都要將豬欄沖水、洗乾淨，尤其是夏天，要噴水降降溫！因為豬很怕熱，沒有汗腺可以排熱排汗。沖水時，牠會很高興的發出「嘔嘔嘔……」的感謝聲。

為了方便繁殖，我的昌義伯做「牽豬哥」這行業，隔壁村莊的鄰居會稱他為「豬哥伯」。母豬發情期到了，豬哥伯就會拿著他專用的小鞭子，趕著公豬的屁股，一搖一擺的過來。小孩都會迴避，趕著離開不准偷看。結束之後，大約四個月，就能生出一窩大約有十來頭的小豬。大部分的小豬，都立即賣出當作額外的收入，偶爾會留下三五頭，飼養到大隻才賣，或是當作豬公來飼養。

母豬的命運，令人唏噓。若這窩生太少隻小豬，養母豬因此不符成本，會將母豬賣掉！聽說：「母豬的肉太老，賣不出去，都是拿去做肉鬆。」因此小時候看見肉鬆，感到噁心不敢吃。

竹塹的客家庄，有一個傳統的「義民節」慶點活動，由八大庄輪值，這是地方上的一件大事。我們家是屬於湖口庄這一區，每八年輪到當值祭祀，養一隻大豬公祭拜義民爺。

義民節的由來可以追溯到清朝時，竹塹的客家人自組義勇軍，捍衛鄉土的故事。這些犧牲的勇士，稱為義民，他們合葬之地，建廟祭祀。為感念這些當年保衛鄉土的先人們，每年農曆的七月二十日，北部地區客家人會熱烈舉辦「義民節」，表達最誠摯的景仰與懷念。

我的爸媽每年也會應景，養一頭豬公，誠心祭拜義民爺。我的爸爸先會四處打聽，在前一年就買一隻具有潛力的小豬飼養。夏天怕牠太熱，吃不下，要給牠吹電扇，還要給牠吃清涼的西瓜，花很多時間照顧牠。

我的媽媽說：「要養的誠心誠意。」豬公越養越大後，胃口越來越差，我的媽媽說：「要哄牠，才會吃！」哄久了，竟然哄出感情了。到了義民節當天，家門口掛上八仙彩，熱熱鬧鬧準備祭祀活動，同時也會大張筵席招待親友，親友也會回贈金牌掛在神豬頭上。

在家附近的田裏，會搭上醮壇，將各路神豬成列，一隻隻神豬頭帶金牌，口含「鳳梨」，祈求旺來。還有演歌仔戲，花燈展示……平常靜悄悄的鄉下夜晚，當晚到凌晨，仍熱鬧滾滾！

有一年義民節祭拜過後，我的媽媽跟我說：「以後不要再養了」，這幾天：「有些捨不得，突然少掉了一個什麼。」我回說：「對啊！現在跟以前不同了，不必再養神豬了，心誠拜一拜。」從此之後，我們家就只有養普通的小豬。

這個村莊，不但大人養豬，長輩也很喜歡給小孩養豬！當孩子小時，都要給他們一個豬形狀的撲滿，可以把零用錢投進去！若撲滿裝滿了，表示豬長大了。不管真的豬或豬撲滿，真真是家中有豕！

在豬舍的旁邊，有一個牛欄，就是養牛的地方。在鄉村，粗活特別多，而牛是農夫最得力的助手。舉凡種稻犁田整地，番薯田上泥翻土，或拉著「依拉車」載送莊稼，牛無役不與。

我們家這頭牛，有壯碩的身體，身材像一隻未成年的小象，長約二公尺，寬約八十公分，高約一公尺。牠的眼睛特大，炯炯有神，當牛關在年欄裏，我才敢正視我們家那一頭牛的眼睛，對看時，要敬畏牠三分。牛尾巴有一公尺，牠在拍打蒼蠅時，最好離遠一點，被牛尾巴打到不好受。

要讓牛乖乖幹活是一門技術！在我們村裏，隔壁的叔叔伯伯，每個人都有這種本事。牛力量很大，又有脾氣，馴服牛不是一件容易的事。我的爸爸更是有駕馭一頭牛的絕活，讓牠乖乖的拉著犁把，順暢的將土塊如浪花般翻捲過來。聽說古早時候相親，媒人婆會偷偷摸摸帶著待嫁新娘，在背後偷看準新郎在田裡的本事。

牛下田工作，走到田邊停下，爸爸順勢將木做的犁頭，架在牛的前背脊上，喝一聲，牛就上路犁田了。要轉彎時，喝一聲，牛停下來，將犁把抬起，轉一百八十度繼續前進。

爸爸左手抓著繩，右手按住犁把，身體前傾，嘴巴不時發出「喝！喝！喝！」牛乖乖的向前進。有時牛會抬起頭來，長哞一聲回應主人。站在田邊，欣賞這一幅景象，實在是「力與美」的完美配合。爸爸犁田的功夫了得，隔壁的鄰居，常找他幫忙牽牛犁田。

祖父常稱讚爸爸：「十來歲就會牽牛犁田。」等我到他的年紀，想試一下，沒想到深陷泥巴裏的犁把好重，抬都抬不起來，牛動也不動。那時好尷尬，爸爸當然碎碎念！不過，他刀子口，豆腐心，念念就忘了。倒是我，還掛記一陣子，認為自己怎麼這樣遜！

這一頭牛只服我的爸爸，不太理睬小孩子，我想是因為爸爸的氣勢壓過牠，又時常跟牠一起工作，牠知道主人是誰。牛幹活一畦田後，牠要休息一段時間，爸爸會用鋤頭將田頭田角的泥土，再翻一翻。此時，媽媽或小孩，就要幫忙牽著牛，讓牠在路旁吃狼尾草。

牽牛吃草時，你明明知道這裏的草太老了，要再走一段路，那裏有比較嫩的草。假如牠要在原地吃，你最好不要拉牠的鼻繩催促，來打擾牠。牠根本懶的理你，只顧吃牠的草，假如心情不好時，還會大聲的哞你一下，向你抗議。

牠不太理睬小孩子，連我的媽媽也拿牠沒辦法，只有等牠心甘情願換地方吃，牠才肯慢慢的離開。你有你的想法，但是牠卻另有計畫。我的爸爸才不管啦，叫牠走，牠乖乖的就走。家裏總是需要有一個「大人」，可以治的了牠。

有一次走著走著，一輛機車呼嘯而過，牛受到驚嚇。我趕快安撫牠，發出幾聲「喝喝喝！」免驚！免驚！牛根本沒聽懂，跑著起來……我被牛拖著向前跑，剛開始還追得上，猛拉著繩子，口喊著「喝喝喝！」最終跑不過牛，只好放掉繩子，任由牠去，自己也被嚇一跳，「看什麼牛！」

還好，牛跑到不遠處的池塘邊停下來吃草，我的爸爸才去把牛牽了回來。「牽牛吃草」這一門差事，要看牛的臉色。聽說隔壁村有更慘的事，「牛欺負小孩子！牽牛吃草，還被牛鬥過好幾次！」

牽牛吃草，最好離池塘遠一點，因為牠太愛躺在水裏了，大概可以散熱，蒼蠅又不敢靠近吧！一旦牠躺下，你要求牠起來，不容易。牠一定要滿意才離開，不然，只有我的爸爸有辦法催牠了！

牠走一走，隨意就拉大便，根本不看地方。牛一拉便，一股清煙往上飄，我們小孩愛搗蛋，有時會採一朵野花插在上面，像似「一朵鮮花插在牛糞上」。玩水鴛鴦時，我們會挑剛拉不久的新糞，插在上面，砰的一聲，讓牛糞開花，濺到滿地，大家哈哈大笑。還互相比賽，誰能將牛糞，徹底炸到全開。

綜觀我家這頭牛，好像一個「巨嬰」。說是「巨」，因為牠的身材實在太大。說是「嬰」，因為懂人性、認主人、愛玩耍，以及會跟你鬧脾氣。有時候，你不得不讓牠。牠還有一點叛逆，有自己的堅持。人是萬物之靈，牛是除了人之外，最有靈性的動物。耕田人知道牛的辛苦，牛是我的爸媽的好夥伴！因此爸媽，向來是不吃牛肉的。

豕與牛，跟我們的生活緊緊相關。爸爸養豬，給豬一個生活的好環境，賣豬有了額外收入，讓全家生活好。媽媽幫忙餵養，與豬有了感情。爸爸也是馴牛高手，這頭牛只認我的爸爸是主人。小孩會被牛欺負，只好愛鬧，炸開牛糞玩。生活在天天睜開眼睛，就看到身旁有豕與牛，是很有趣的！

那麼的種

拜石門水庫興建之賜，村莊四周的農地，由種植地瓜而改種經濟價值較高的水稻。水稻田長年溼溼答答，爸爸從田裏回家，褲管的下緣，總是沾滿了泥濘。脫下長褲後，我們會幫忙將褲管的泥巴，用水沖洗乾淨。爸爸說：「耕田人，就這麼靠耙泥過日子！」講的很實在！人類就是使用雙手在這大地上不斷的耙泥，解決溫飽的生存問題，然後再一步步發展出現代的文明。耙泥，是耕種之始，也是文明的啟端。

爸爸耙泥，除了鋤頭，還有一個得力的助手，就是那一頭牛！大面積的犁田整地工作，這般粗重活要靠這頭牛。田埂邊的四個角落，犁耙無法所及，牛幫不上忙，就只好自個兒賣力耙啊耙。一鋤鋤的從田埂邊往外

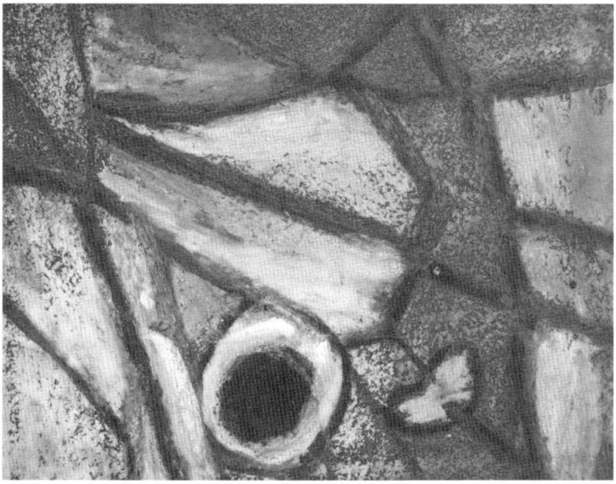

翻，在轉個屁股，從田中央往內耙，來來回回好幾次。我們小孩認為田埂邊，牛沒耙到就算了，反正沒有太多的耕種面積。爸爸很固執，我們提醒他沒效。媽媽會接上說：「他是一輩子的農夫，很愛做。」

這是第一階段粗略的整地，用牛犁將泥土挖起來，將稻桿和泥土混合，然後田地放滿水，保持泥土溼潤。在整地之時，爸爸挑選一塊竹林旁的田地，以泥牆為界，圈出一塊秧苗田。等穀種發芽時，灑在這塊田中，培育小秧苗。

「穀種」，是將前期收成的稻穀，挑選部分結實的穀，留下來當種。新年入年假前幾天，爸爸會在廚房的大灶煮一鍋溫水，將這些穀種用溫水燙過一回。牛欄旁有一個大水桶，將穀種放進去，用水浸泡，上面蓋著藍色條紋的帆布。

過年的時候，爸爸吃完晚餐後，會去牛欄將帆布打開，讓種子透透氣，看看種子發芽的情況。翻一翻穀種，將粘塊成餅的穀粒剝開，在旁邊可以聞到一股濃濃的稻禾味！檢視穀種後，爸爸會對媽媽說：「大概幾天後，就可以播種了」。

在播種前，要準備篩泥。農閒時，爸爸拉著依拉車到羊喜窩山上挖幾車紅土，曬乾可供好幾年冬使用。媽媽平常收集廚房大灶的灰燼。在天氣晴朗時，在禾程的圍牆邊，將紅土與灰燼混合，再使用鐵網篩，將混合後的土壤篩成細泥。

出年假不久，田水還冷颼颼，但播種的時間到了。爸爸撈起穀種裝在米籮，及細泥肥料裝成袋，用依拉車運到秧苗田。接著，用竹畚箕將穀種盛起，畚箕前面平坦的部份頂住膝蓋，大把大把地將種子灑在秧苗田中。等箕內的穀種用罄，媽媽再傳一畚箕穀種給田中央的爸爸。小孩子可用水勺裝穀種，田畦邊緣沒灑到穀種，可幫忙補足。

爸爸再三確認每一畦的穀種都均勻後，才進行種子表層的覆土。跟灑穀種的方法完全一樣，只是換成篩好的細泥肥料。爸爸在前頭大把灑細泥，媽媽再傳畚箕支援。在東北季風吹拂下，灑出的細泥漫天飛舞，大人小孩都成瞇瞇眼。

覆土結束後，為了防風秧苗上還要加蓋一層透明的塑膠布，才算大功告成。爸爸媽媽拉著長條塑膠布的兩端，趁著季風小的時機，趕快往下蓋住！小孩幫忙挖泥土壓住兩旁塑膠布，就成為鼓鼓的秧苗畦了。播種太費工，看見隔壁村有人用買秧苗，爸爸總說：「我們自己栽種的，秧苗比較勻，插秧時不會大小棵。」媽媽也深以為然：「給爸爸決定就好了」。

播種好了，爸爸會催促我們趕緊回家，少受風寒！剩下的事不打緊，爸爸自個兒在田埂邊東挖挖，西耙耙收尾。回家後，媽媽會在大灶燒一鍋熱水，讓我們腳底沖一沖，這樣很舒服！

在秧苗生長過程中，爸爸每天都要巡視一回！一會兒擔心秧苗發育不良，一會兒害怕生長速度太快，造成參差不齊！看到塑膠帆布內有水汽，布面霧濛濛，趕快打開一小縫透氣！隔壁村的金城叔，常站在田頭，打量一番各家的秧苗田。沒灑到種子的秧田，到了見真章的時刻，遠看顯眼的禿一塊！難怪在覆土前，爸爸很在意是否處處有補到穀種。

秧苗長大了，插秧的時機到了。爸爸提前幾天，進行第二階段的打田。爸爸牽著那隻老牛，拉著犁耙，將大塊泥土粗打一、二遍後，接著再使用碌碡細打，要將泥土打成爛泥。碌碡是一塊像楊桃的木輪，前後都有平木板。爸爸側身站在木板上，吆喝牛拉著碌碡前進，將整片田地抹平！接著放田水，將田的表層覆蓋一層淺淺的水，如此就完成插秧前的準備工作！

插秧當天，在叔伯們上工前，就要在田埂隔十公尺遙，準備數簍的秧篦。因此，一大早需下田鏟秧苗。媽媽有十多年鏟秧苗的經驗，這活無人可以代勞。因為鏟太淺，會傷到秧苗根部，太深則泥土太厚，挑秧吃力且截取秧苗不易。不一會兒，媽媽就鏟出片片手掌般大小的秧苗，很有層次的疊放在秧篦內。秧篦搬到秧架上，單邊秧架可擺兩簍秧篦。媽媽用一根扁擔，肩挑四簍秧篦。有時在爸爸急聲催促下，在田埂上小步快跑的挑著秧架。

下田插秧，需背著風倒退前進，因這樣比較省力，且小秧苗不易被風吹散。為了截取秧苗，右手大拇指帶著鐵製「蒔田管」。三人成一組出發，爸爸動作比較快，鄰居叔伯們都叫他排第一順位先出發，這樣形成前後有序的三個賽道。彎著腰插秧，也要比速度，只能讚嘆耕田人的耐力！叔叔伯伯互相換工，不過數週，村莊附近農田盡是一片青青的秧苗了。

插秧後，稻苗從主根開始長出分櫱葉，再從分櫱葉繼續分支，大約一個月後就要挲草了。有時候，爸媽會把小鴨趕到田裏，一起幫忙這項工作。水稻根部常寄生開著藍紫色小花的福菜，嫩嫩的葉子是小鴨的最愛。爸媽跪在稻苗間爬行，兩隻手在稻苗間挲來挲去，摸到雜草拔起來，置於腰帶旁的袋子，一旁的鴨子也挲來挲去。

田裏雜草除了福菜之外，還有稗草，因為與稻子長相一樣，很難分辨。在挲草時，往往會沒挲乾淨，等長大開了花，才可以認出來。田中間若有些稗草，我的爸爸心裏見到不舒服，一定要彎著腰，一行一行的巡過去，拔起了才安心。因此，他種的稻田，鄰居一看就知道，說著「很乾淨，幾乎沒有雜草」。

爸爸很仔細觀察稻子的成長，稍微比隔壁鄰居不高大，就馬上要施肥。媽媽每一次都要在旁提醒：「田不要太肥了，灑太多料，肥料不用錢嗎？」爸爸回說：「你不知道啦！」一搭一唱！在旁聽到很好玩，反正爸爸做主，就好了。

水稻的生長需要大量的水來灌溉，要巡田水控制田裏的水位洽到好處，給小秧苗最好的環境。下雨過後，整片的秧苗都淹在水裏，需要適當的放出田水。

在田水的出口處，爸爸使用短竹子架起一塊小木板，擋住泥土流到水圳。連續天氣晴朗炎熱，田水位降低，則需放水入田灌溉。在田水的入口處，也可見小木板，擋住急速的水流衝到秧苗。

等到稻子抽穗期，供水管理更重要，放一天休一天，有助於保持土壤透氣。要供水時，若遇到石門水圳水沒來，要靠波羅汶溪水源來調度，爸爸睡前要拿著手電筒，巡過田水後，才安心的入睡。

巡田水時，偶爾看見田埂漏水，爸爸蹲下隨手挖起一把泥土，補漏一次到位。自己的田地，知道在那會漏水。

牛為農作，勤於耕田。爸爸亦為家人，勤耕田地。地來的不易，一方水土養一方人，爸爸就是那般種，讓日子過的很踏實。

仰般收穫

當稻子結穗，穀粒漸漸的飽滿，就是接近收割的時間了。為了確認稻穀已成熟，爸爸巡田時會隨意的摘取幾顆穀粒，放在嘴唇左邊，瞇著左眼咬一下，以判斷穀粒飽和程度。在靠近竹林旁的稻子，因日曬不足，穀粒咬後碎成一粒粒。而空曠的田埂邊，咬了咔一聲裂成二小塊，表示成熟了。

挑選割稻日，爸爸要串門子好幾回，才能決定。總是要參考隔壁叔叔伯伯的收割時間，除了需要他們換工幫忙之外，還要擔心太早或太晚，都會有一點損失。太早收割，稻穀的成熟度不均，有些穀粒還粉粉的；而晚一點收割，湖中路旁竹林間的痲雀，全部都緊盯著我們家的稻田，未收割前這一撮時間，要餵飽牠們的肚子。而且太熟的穀粒，捨不得脫落在田裏。

收割當天清晨，天剛發白，露水還沾在稻穀上，就早早下田了。打穀機在前一晚，就租鄰庄的發財車載到田埂邊。爸爸在打穀機發動前，會先在稻田割出一條路，五、六位叔叔伯伯依序下田，緊迫在後。一時半響後，爸爸回頭啟動打穀機。他用一條繩子繞幾圈馬達的轉子，用力抽一下，馬達就嗒嗒作響。此刻大家要離遠一些，免得被繩甩到。有時力道不足，繩索倒抽回去，不慎會扭傷，每次要發動馬達，旁人都捏把冷汗。一旦啟動打穀機，在媽媽送點心來之前，整個稻田好像在進行百米的賽跑。

這台的打穀機，前有二個大人拉著，後面有二個人幫忙推，才能一步步往前移動。前進數步後，小孩幫忙拾起稻桿給大人。大人側身一腳踩著打穀機的踏板，雙手持稻桿在滾輪上，不停的翻轉直到穀粒脫落。等到打穀機內的穀七八分滿，爸爸將頭探入機內，用畚箕將穀扒出，我在旁幫忙將穀袋口撐開，方便裝袋。風一吹來，揚起的稻屑，讓眼睛睜不開，皮膚碰到會癢。

爸爸不時提醒我說：「不要站在順風口，稻屑沾到會癢啦！」。我說：「你怎麼一點也不怕癢，一頭栽進裝穀，滿頭都是稻屑。」我的爸爸說：「我習慣了！」我的心裏納悶著：「我這一點癢算什麼，不必管了。」爸爸除了盛穀之外，還需扛穀。他的體力更是了得，一布袋的稻穀雙手抱住，一百斤喝一聲就甩上肩，在田梗路上扛著快步走。「扛穀包」讓爸爸練就一身硬朗好身體。穀包扛到路旁，又喝一聲，甩到發財車上。

大老遠的叔叔伯伯，帶著斗笠，彎著腰，滿頭大汗忙著用鐮刀割稻，將稻桿依序整齊放著。若動作太慢，會被打穀人追上。若小孩手取稻桿，動作太慢，打穀機大滾輪就空轉。爸爸來不及盛穀，穀太滿會卡住大滾輪，一刻也不得閒。遠處金光閃閃的稻田裏，踩著高蹺的白鷺鶿，也在百米賽跑，追著活蹦竄動的小蚱蜢。

大熱天，早早出門，彎腰割稻打穀，特別耗費體力。一天之中，除早中晚三餐之外，還要加上二頓的點心。老遠看到媽媽肩上挑著點心擔走過來，大夥都會小確幸。為了讓大家的辛勞得到補償，媽媽很用心的準備這二頓的點心。

點心擔有兩個竹製的大米籮，各放鹹和甜的點心，任叔叔伯伯挑選。早上的點心是客家獨特的黃色大麵，煮好放久都不會糊掉，從家走到田間半小時路程，大麵仍然滑順彈牙，搭配蔥蒜爆香，蝦米及韮菜，老遠就可以聞到香味。另一邊則是甜的綠豆湯。下午點心是米苔目，除了使用油蔥及蝦米鹹香提味之外，還不忘準備一壺調味醬油，這壺醬油絕對是不可缺少的一味。甜點則搭配仙草，在炎炎夏日喝了它，瞬間清涼解熱。多了這二次的點心，不管是割稻、打穀或扛穀包……等，大家都特別來勁！

收割的稻穀，租發財車載回家。為了讓稻穀透透氣，穀包全倒出攤在曬穀場上，成一座座的小山。這些溼穀，明早要先行篩穀，去除稻芒，草莖等雜物後，才開始曝曬。

爸爸在曬穀場上，用水泥圓柱上插一根竹子當支柱，用繩懸掛著木製的穀

篩。穀篩中間有鐵絲網，旁有把手。一前一後的推拉穀篩，穀粒篩落地上，稻芒及草莖留在鐵絲網上。這種篩穀方式，費時又費力，後來買了電動穀篩。使用馬達帶動一前一後擺動，穀粒篩落地面，雜物仍留在篩上。這樣省力多了，連我們小孩也可以幫忙。這樣爸爸割完自己家裡的稻子，就可以出去幫隔壁家割稻換工。

媽媽和我們在禾埕上，用畚箕將溼穀盛起，倒入電動穀篩架上篩穀。祖父住在青瓦房屋，知道我們家在收割，會主動過來幫忙篩穀。在炎炎的夏天，祖父擔心中暑，工作步調刻意放慢，一段時間休息一會。祖父說：「你的爸爸像牛一樣的健壯體格，可以做得很快。阿公一把年紀，你們又還小，大家可以慢慢來。」接著又說「力氣小沒關係，跟著做，穀盛少一點，多盛幾趟，就能將稻穀篩好了。」曬穀場的一大堆稻穀，竟然被我們篩好了。晚上爸爸換工回到家，臉上有著滿意的笑容。

爾後幾天，爸爸早上出門換工前，多了一份工作。媽媽手執大拖的木柄，爸爸兩手握著粗麻繩，將一座小山般的稻穀堆拉開舖平。媽媽頭戴斗笠，手穿著長袖套，拿著木耙，整天的在曬穀場上來回。耙穀成峰，再把峰耙成谷，如此一峰一谷交替。隔著禾程的紅磚牆，隔壁二伯公的媳婦桂香嫂，也正在他們家的禾程忙著曬穀。媽媽相招桂香嫂到禾程旁的牛欄屋簷下聊天。

聊著聊，空氣中有一股淡淡的牛糞味。桂香嫂說：「要不在旁邊村莊出路口，種一棵大榕樹，來日榕樹長大好乘涼！」媽媽笑著說：「等榕樹大，我們不知去那裏了？」桂香嫂回說：「看你的身子如此健壯，年年曬穀，不必擔心榕樹長不大……。」在曬穀場這般打嘴鼓聊天，時間就過得快！

爸爸不在家，在曬穀場上最擔心的事是午後突然的變天！遠方羊喜窩山上，有一堆烏雲籠罩，大家還在猶豫是否收穀時，一陣大雨忽掩而至！只見整個村莊大家手忙腳亂，嘴邊吆喝著：「快收穀了！」用大拖將穀收聚在曬穀場中心，然後蓋上一叢叢稻草，以免淋溼。自家先收好，媽媽隨手拎著穀耙，匆忙跑到隔壁家幫忙。

每天傍晚，爸爸回家會順道在曬穀場上隨手拾起幾粒稻，慣用他的左邊牙齒咬一咬，檢查稻穀是否已曬乾。因曬過頭，糶穀秤重不划算。一旦確認硬度夠，搬出置於牛欄一角落的風鼓機篩選稻穀。爸爸用畚箕將稻穀倒在上方的入口，然後用手旋轉把手，產生一股風，將空心或不飽滿的稻穀吹開，留下飽滿的實穀。

風鼓機出風口，穀芒到處飛揚，爸爸會叫我們遠離風口，因沾到手或臉，都會很癢的。小孩幫忙撐開布袋口，讓爸爸將實穀裝袋。稻穀裝袋成一包包，眼前就是辛勞的報酬。爸爸留下幾包穀，當作自家一整年食用。部份給祖父母當伙食穀，剩下的就賣給中盤商，這是全家最重要的收入來源。

為了祈求來年也有好年冬，爸媽會選擇一個放假日晚上，大家比較有空閒時間，舉辦「做完工」大餐。中午，媽媽準備三牲禮到三合院的正廳京兆堂拜神明，感謝天地及祖先的庇佑，得以豐收。傍晚時分，準備一桌豐盛的晚餐，除了宴請左鄰右舍參與換工割稻的叔叔伯伯，也會通知在外工作的姊姊們回家來，一起分享收成的喜悅。滿桌的好菜，有雞肉盤、鹽水鴨肉、筍乾焢肉、薑絲炒大腸……，還有小孩最愛喝的涼水及沙士，要大家都吃的很滿意。此時荷包滿滿的爸爸，很快樂的拿著酒杯到處敬酒。媽媽忍不住在旁嘀咕幾句，因看著他滿臉通紅，擔心會醉倒。

在慶豐收後，爸爸又開始忙著整理農地的稻草，因為這是很重要的農村資源。只見他一手抓住一堆的稻草，在地上拍打一翻，除去一些短的稻草，讓整把稻草長度差不多。另一手再抓個十幾根稻草當作捆綁的繩子，繞稻草一圈後，交錯箍緊，雙手打結拉緊。不一會兒，束束直挺挺的「稻草叢」豎立於田間，像個矮人似的。經太陽曝曬幾天後，要用車運送回家。

我們家有一台「依拉車」，這是使用人力拉的二輪車。這台依拉車，輪子有一公尺高，兩邊是鐵製的架子，中間用木板拼成平台。前面左右各有一長木桿，中間有一根拉繩。稻草叢放在車的平板上，從底部往上疊，最多疊到二個大人高。

爸爸在前面拉，媽媽和小孩在後面推邊緣的鐵架，媽媽在中間推稻草叢。在平坦的路上，還算省力，靠著二個大輪子，向前滾動前進。但是回家路上，有一個大斜坡，每次推到這裏，心中湧起一股害怕，因之前曾經發生在斜坡中間頓住的窘境。上坡前，爸爸要喊「一、二、三」，用小快步推車，使用衝力才能順利爬上去。衝上了，喘口氣休息一下！這個斜坡令人又愛又怕，愛的是過斜坡快到家了，怕的是很折磨人，要衝一下。

這些稻草叢載運回家，在禾埕堆疊成一座天壇似的「稻草堆」。要完成一個不怕風雨的稻草堆，不是簡單的事。爸爸豎立一根竹柱子，以柱子為中心，用稻草叢堆出一個圓，再逐層往上疊，圓越來越小，最上層疊成斗笠形的尖頂。下雨時，雨水順著尖頂滑落地面，不會輕易滲入稻草而腐爛，這是保存稻草的絕佳技術。

乾黃的稻草堆，有很多的好處。家裏大灶煮飯炒菜時，媽媽需要抽幾根稻草桿點燃生火。媽媽種菜時，舖在菜畦間防濕滑，也拿來蓋在菜畦上，阻止雜草叢生。爸爸蓋香菇寮時，舖設在菇架上種植香菇，也拿來當作外牆，以防風雨。

就是這般的收穫，除了豐收的稻穀，讓我們全家衣食不虞，剩餘的稻草桿，也是我們生活上的好幫手。

禾埕風雲

紅瓦房前，偌大的禾埕，對一個小小孩來說，有幾分的畏懼！因為這裏除了農忙要出力篩穀之外，也是雞、鴨及鵝牠們的地盤。尤其是一群鵝聚在一起，有幾隻鵝特別做怪，會認出哪個小孩膽小可欺負！曾經被牠們咬過的小孩，再被咬是思空見慣的事。

傍晚時，媽媽總會將鵝放風，讓牠們到禾埕跑一跑，跳一跳！當我拿著飯菜準備到狗寮餵母狗時，從家門出來往右前方的禾埕小心前進，跨入牠們的勢力範圍，我開始擔心那一隻鵝。牠的體型算是那一群鵝中，排名前幾名的，有時還會認錯是那一隻！牠的前額有一顆大的黑色肉瘤，背部是暗褐色的羽毛，胸部及尾巴是白色，外觀跟其他鵝沒特別差異。

當牠遠看著我時，嘎嘎嘎的叫著，這是牠先禮後兵的跟人打招呼姿態。慢慢走過來，牠將長脖子縮起來，低頭露出前額大肉瘤。一不注意，牠由下往上快速拉長脖子，剛好到我的腰部高度，連衣服都一起啃下去，讓我拉著牠跑。

牠的嘴巴下喙有五、六十個鋒利的鋸齒，上下喙在我的衣上磨啊磨。我唉唉大叫，等到媽媽出來解危，牠才肯縮嘴罷休。這隻兇巴巴的臭傢伙，不甘願張開小翅膀，扭著屁股快跑開，並發出嘶嘶撕的聲音，警告媽媽不要得寸進尺，就此打住。

我還不是最慘的。隔壁村有一個小孩甚至被他家的鵝，啄到滿背是傷，不但痛的哇哇叫，還用醋酸來消毒傷口。對付這些鵝，有時連大人也沒輒，無計可施！有時抓來教訓一番，將鵝嘴打開來，數一數有幾隻鋸齒，然後合起嘴，在地上左右數遍來回磨一磨後，趕進禽舍內。

除此以外，禾程右前竹林旁的狗寮，有時夜晚會發出窸窸碎碎聲，讓人覺的很詭異！原來是母狗的春天到了，惹來一些公狗的糾纏。母狗發現竹林外有公狗，想穿越竹林縫隙跑進來，有時會大叫警告，有時卻遲遲不動聲色。在鄉下的深夜時間，狗無緣無故的叫，有時還挺嚇人，讓人以為有小偷來了！我們很討厭這些公狗，常惹我們心神不寧！

當聽到母狗的叫聲，從客廳門縫看出去，打量後發現真的是公狗來了，我們先喊一下：「哪一家的狗啊！」然後拿著竹子，把牠們趕跑。有一天晚上，公狗趁我們沒注意，竟然讓我們家的母狗有了，當我們聽到聲音追出去的時候，已經來不及了。

不久之後，一窩的小狗出生了，第一次看見這樣的光景，驚訝又高興！這麼多的小狗，比拳頭還小，很想就近瞧瞧。但是爸媽特別交代，剛生的小狗，母狗把牠們當做寶，要遠看就好，不然母狗生氣會咬人的！每一隻小狗都有受到母狗照顧，喝到奶水，所以都活下來了。餵母狗時，看著肥肥胖胖的小狗狗跑出來歡迎，竟然對這些小狗產生了情感。有一條全身白白的狗，屁股身上有一塊黑色，是我的最佳玩伴。逗著牠跑起來，小短腿一扭一扭，邊搖邊擺，然後從後面把牠抱起來，很有趣哦。

小狗一天天長大，家裏不可能養那麼多條狗，一條一條的送給別村莊的人。每送走一條，難過一次。最後，要輪到有一塊黑點的白狗，實在是太難過了，眼淚快掉下來！嘴巴乾乾，氣悶緊著，很想能夠留牠下來。我年紀小，小狗捨不得送給別人，如何照顧牠呢？

我們家只能養一隻狗，只好留下來母狗。我的心裏很難過，母狗也一定很難過。我只好安慰自己，未來有一天經過隔壁村莊時，我的那一條黑白相間的小狗，還認的我！不過，爾後我再也沒碰見牠了。

有了這經驗，我更加厭煩這些公狗，不想讓母狗再有下一次！更不想有重複的感情付出，深夜有風吹草動，就趕緊衝出去打狗。

禾埕曬穀打包後，會在邊緣角落留下一些穀粒，這時會上演緊張又刺激的捕鴿子大戰。禾埕剛好位於祠堂後面，祠堂屋頂上，常有鴿子飛累了暫停休息。鴿子會跳下稻禾埕邊緣，尋覓穀粒。

我跟媽媽借一個篩穀的竹蓋子，用短木棒撐著，綁一條細繩，灑些稻穀在竹蓋下，引鴿進蓋。躲在家裏，慢慢的等……。有些鴿子的警覺性很高，會在竹蓋附近打量，一有風吹草動，馬上飛回祠堂屋頂。等牠再飛下來，要非常有耐心。有時候運氣好，會遇到笨鴿子，糊里糊塗進入竹蓋內，快速扯一下繩子，就可以蓋到鴿子。當然，也會有失手的時候，鴿子啪啪啪……，嚇得逃之夭夭！

捕鴿子不易，買鴿子來飼養比較簡單可行！堂哥的家，就有一個大鴿籠，養了好多的鴿子，看到很羨慕。他訓練鴿子參加比賽，把牠們帶到遠處放出來，牠們竟然會找到家飛回。我要求爸爸，也給我養幾隻鴿子。

在禾埕左邊，就用木材釘製一個鴿籠。這鴿籠，大約二公尺高。屋頂如合掌張開，四面用木材拚成。木材間留有數公分空隙，讓整個鴿籠通風。爸爸用鐵鎚慢慢釘，我在旁扶著木板，幫忙拿材料，讓爸爸好施工。鴿籠完成後，在底部釘一公尺的腳架。媽媽和姊姊全家出動，用力撐起鴿籠架，爸爸用鐵絲綁在家門口左邊的窗戶邊。姊姊羨慕的說：「爸爸特別疼愛我，想要養鴿子，就真的幫忙做鴿籠。」

要養多少隻鴿子呢？那就五隻吧！因為很著迷下午六點檔的科學小飛俠，共有五個穿著鴿子裝的小飛俠，他們可是心中的偶像。尤其是一號鐵雄最帥，而且是穿白色的鴿子裝。我就要求堂哥，一定要送我一隻白鴿。其他幾隻，用省下零用錢跟堂哥買了！

鴿籠很高，要拿一張圓板凳站上，才能拿飼料給牠們吃。鴿子生性警覺，會認主人，等牠信任你，飼料放在手心，被牠啄的癢癢，忍不住要縮手的感覺，特別好玩。

傍晚放風時間，讓鴿子可以繞著房子，在天空自由自在的飛翔，我想這是一天中，牠們最期待的時刻，但我擔心的是怕牠們不回家。我的那幾隻鴿子放出去，都要在祠堂的屋頂待到天黑，才肯回到鴿籠，好像小孩似的，喜歡晚歸。

養一陣子之後，有一天早上起來時，發現我的白鴿不見了，奇怪的是籠子的門是關的，怎麼會不見呢？幾天後，又有發現另一隻灰色的鴿子不見了。難道是被偷了嗎？仔細的查看，在鴿籠的後面，靠近屋簷的地方，發現幾根黑色

的毛，難道偷跑鑽出去嗎？堂哥說：「他養的鴿子從來沒有發生此狀況！」心裡納悶，百思不得其解。

有一天晚上，聽到隔壁鄰居養的貓，在我家的屋頂喵來喵去，跑出去看，這隻貓正在鴿籠旁邊，虎視眈眈注視我的鴿子，這時我們才恍然大悟，原來是貓偷吃了我的鴿子。可惡的貓，竟然會做出這樣的事情，趕緊拿長竹竿，驅趕這隻貓。此事讓我對貓印象很差，從此我很討厭貓。

為了不要讓鴿子再被吃掉，只好把剩下的三隻鴿子，送給堂哥。剛開始幾天，面對空盪盪的鴿籠，還真的有點捨不得，都是這隻貓，傷害我的鴿子。難過一陣子，爸爸把鴿籠拆了下來，這樣會讓我快點忘記這事，好好去念書吧。

小學要畢業了，上中學到騎私壤車（腳踏車）到遠一點的湖口國中上課，這時要先克服水溝的魔咒。因為禾埕的左邊與祠堂背後相連處，有一條一公尺高排水溝，按照姊姊的經驗，學騎私壤車沒有摔到半公尺深的水溝裏，是無法學會騎的。

騎私壞車最難之處就是靜止起步時，雙腳跨上踏板。車中間有一條橫鐵桿，腿長可從車後腿抬高，以優雅的姿勢跨上車。腿短只有從中間的橫桿下穿過，在一扭一擺中抓到平衡感，好像「小孩騎大車」的感覺。

爸爸帶我到新湖口街上，在隔壁叔叔開的車店買了一台米色私壞車。為了避免跌到臭水溝裏，特別將中間的鐵桿先拆下來。這樣騎車起步時，既不需從後跨越車桿，也不需要從中穿越車桿。

先坐上私壞車，左腳上踏板，右腳慢慢滑啊滑，速度上來了，右腳趕快踏上去，左扭右扭的騎幾步。姊姊在後面，幫忙扶著後座，這樣能夠多騎幾步，但不能老是扶車，跟在後面跑，總是要放手。這時候，騎車的人和看人騎車都冒冷汗，擔心重心不穩摔了下來，尤其是怕「忘記剎車」，衝到水溝裏。

那一年暑假，我在禾埕小心翼翼地學騎私壞車，深怕水溝的魔咒再現。為了避免大家緊張，我挑家裡沒人時，自己慢慢地試。果然還沒跌到水溝前，我就學會了。心頭一熱，禾埕關不住我，騎出紅磚圍牆，從村莊的小徑騎到馬路，最後竟然衝到了幾公里外的大姊夫的家。我的大姊見到我，很驚訝的說：「第一次會騎私壞車，膽子那麼大，竟騎那麼遠！」想想，「一高興，顧不了那麼多吧！」

在禾埕騎私壞車，還擔心發生「落鏈」的狀況。騎一騎，突然鏈條脫落，只好停下來。車鏈上塗有機油當潤滑劑，鏈條脫落只能用手拿竹子，勾啊勾，踏板轉啊轉……。運氣好，很快就修理好，但是難免也會把手弄的髒兮兮的。只好拚命的把油往禾埕上，抹啊抹……。這時，禾埕也真是很無辜！

對我來說，家門口這塊紅磚瓦房包圍的土地上，不僅曬穀，也發生讓一個小孩有一點緊張的趣事，也正因如此，才留下禾埕風雲的回憶。

入年假味

小時候很盼著過年！從農曆十二月二十五日入年假開始，有十天的過年假期。因為平常生活無假日，農曆過年恰值農閒時，就早早過年休息。

從入年假前一天就聞到年味。一早媽媽就準備甜湯圓，放在大灶的一角送灶神，今日灶神要返回天庭述職，吃甜湯圓希望能在天上多說一些好話。爸爸一早也正忙著使用礱米機礱穀，預先將正月要吃的米糧準備好，因為過年期間要封礱封碓，不能做礱穀舂米了。

入年假到出年假這一段期間，假如大人還下田耕種或是忙些礱穀的粗重活，會被鄰居開玩笑說：「來年一整年都會勞碌命，農事忙不完！」新年總是要討個好兆頭，大人都不喜歡聽到這樣不吉利的話。小孩子更要小心翼翼的注意自己的行為舉止，說錯話會受到處罰，嚴重時捏臉頰的肉，讓你印象深刻。假如不小心打破碗盤，這會聯想到破財，也會被訓斥一番。

不忙農事，家家戶戶就打掃房屋，磨米打粄及準備過年要拜城隍爺、媽祖廟、土地公及阿公婆的牲禮。

一年一次的大掃除，我們家的分工是爸爸拿著長掃帚，將屋內高處或角落的蜘蛛網清乾淨。媽媽用水擦洗廚房櫃子，將木製的三層籠床（蒸籠），竹製蒸架，挨粄機，及鍋碗瓢盆清洗乾淨，準備打粄。小孩子把窗戶拆下，拿到禾埕上清洗，然後擦拭門及門縫。除舊佈新，乾乾淨淨的迎新年。

打掃好了，接下來的就是磨米打粄了。我們的挨粄機，除了自己家的米要磨之外，隔壁的鄰居，叔叔伯伯也會到我們家的禾埕排隊磨粄。過年有特別多樣的年粄要做，例如甜粄，發粄，菜頭粄，紅豆粄，芋頭粄及菜頭包等。

媽媽做發粄是最神秘的一件事。媽媽擔心做的發粄，沒有發，沒有笑，這是悠關一年財運的事，要相當的慎重。發粄要膨脹的越大越好，象徵新的一年越會發，發粄上的裂痕越深，代表笑的越開懷，一年的運勢也就越順利。最怕小孩子亂講不吉利的話，破壞了好兆頭。

前晚，媽媽就將蓬來米磨成米漿放入粄桶內。再加入一些酵母及黑糖，攪拌均勻，讓它進行發酵。粄桶放在大灶的角落，蓋上布，不要讓小孩碰到。媽媽說：「大灶的餘溫，有助於發粄的成功發酵。」

大灶的材火一燒就是四，五個小時，媽媽會不時打開鍋蓋，瞧一瞧發粄膨脹情況。假如發粄已經笑開來，他會用一根筷子插入發粄內，若是發粄不黏筷，則表示已蒸熟了！總算可以鬆一口氣，媽媽的臉上會露出很滿意的笑容，全家來年的運勢得到保障了。

偶爾遇到久蒸不發，我們也當作沒看見，反正蒸出來的發粄，只要熟透，一樣香甜好吃，誰管它外表長相如何。明年，媽媽會調整做法，酵母多加一點，或是增減黑糖，發酵的總時間……等等。他最在意的事情，總是會有最好的結果，我們不必給太多意見。

我們小孩儘管幫忙加柴火，讓大鍋的蒸氣冉冉上升，瀰漫整個廚房！而屋外的煙囪，成縷炊煙裊裊而上，悸動的感覺上心頭，整個村莊充滿濃濃的年味。

打粄的工作，告一段落後，接下來準備拜拜使用的牲禮。禾埕旁的禽舍，在每年七、八月，會多養幾隻雞、鴨及鵝。除了自家過年要多幾付牲禮拜拜的需要之外，親朋好友也可以預定。這些雞、鴨及鵝平常在禾埕跑跑跳跳，運動量十足，食物是吃菜園挑剩的菜葉，結實的肉質與一般飼料雞大不同。媽媽常說：「嘗過自己養的雞，絕對吃不慣市場買的飼料雞。」

為了拜拜比較體面，媽媽在烹煮時，會將雞、鴨、鵝的頭部與牠們的翅膀，各別用棉繩綁在一起，這樣煮好撈起後，外型挺立好看！烹煮後的熱湯，「媽媽拿勺子，將湯上油脂撥開，裝一碗清湯，滴些許鹽巴給我嚐嚐！」我趕緊吹啊吹，真甘甜味美！

年三十，除夕這一天，爸爸趕著去完神。一早媽媽先將準備好的「五牲禮」，包含一隻全雞，一條魚，一塊三層豬肉，豬肝及蛋等五種供品，在大灶上蒸熱後，放在紅色大托盤，再加一瓶酒及三個酒杯的酒禮，用大紅布包好，給爸爸去新竹市的城隍廟拜拜。回來後，換成另一付的「三牲禮」，一隻全雞，一條魚，一塊三層豬肉等三種供品，到住家附近的媽祖廟及土地公拜拜。

我上學背的書包邊會綁著幾條紅絲線，連接著紅色的福袋，這是爸爸媽媽向這些神明求的平安符，以保平安。帶著這些護身符，成為生活的一部分。爸媽相信這個護身符，能夠保佑我平安。每年除夕到廟裏拜拜完神，答謝這些守護神，有著「有祈有還」的一份心意。

除夕下午，宗親家族齊聚在京兆祠堂拜阿公婆。居住在各地的宗親，一定要派代表來祭拜，大家都非常重視這個「慎終追遠」的傳統。小叔在台北工作，每年此時都要租計程車回來祭祖。宗親長輩路程遠近不一，先到的叔叔伯伯，將三牲禮，甜粄，發粄，紙錢及鞭炮等擺放好。到了約定的時辰二點，大家一起上香先祭拜天公，拜祖先。一年時間趁此機會碰面，敘舊並互道恭喜。大約一柱香之後，請阿公婆領受金銀紙。在鞭炮連天聲中，圓滿的完成拜阿公婆的儀式。

爸爸忙完拜拜後，回家在大門上貼春聯。小孩子幫忙在房間門口貼「春」或「福」，在米缸貼「滿」，在豬欄，雞舍貼「六畜興旺」……等。把舊春聯撕去，換上漂亮的紅春聯，增加過年的喜慶氣氛。還有一個非常重要的事要完成，就是「不欠錢過年」。帶債過年是非常不吉利的事，所以有積欠別人的帳，除夕十二點前一定要結清歸還。萬一不能還債，也要與債主言明，在過年期間，路途相逢只能互道恭禧，不能討債。

媽媽在廚房忙著準備除夕夜的團圓飯。年夜飯非常豐富，一定有「長年菜」。這是自家田收割後，一定會為過年種植的菜。長年菜搭配煮過雞、鴨、鵝的肥湯，一起燜煮成熟透，恰好清淡而不油膩，再沾客家獨特「桔子醬」，有滋有味。

象徵「年年有餘」的魚肉，「好彩頭」的焢肉滷菜頭……等，每一道菜都希望能夠帶來好運。爸爸特別提醒：「年夜飯要慢慢吃，時間越長越好，表示能夠長長久久！」爸爸在過年期間，很注重每個小細節，希望能夠討吉利，能為來年帶來更多的福氣。

吃完年夜飯，接著就是最快樂的領軋年錢的時間。軋年，就是鎮壓除夕夜時，會出現的傷人年獸「祟」。年獸什麼都不怕，就怕紅色及銅錢的聲響，因此古時長輩把銅錢裝進紅包，放在孩子的枕頭下面，讓祟不敢靠近。每年除夕夜，爸媽也依傳統發軋年錢，也是希望自己的子女能夠平安長大。

入夜後，爆竹聲就此起彼落，爸爸不忘提醒說「整晚房間不關燈」。傳說是古時候擔心年獸靠近住家，使用燈火及用燒竹子的爆破聲來嚇走年獸，就能平安過年的習俗。睡前，爸爸照慣例翻一下農民曆，查看明天初一早上的開門時間，要選在吉時燃放爆竹。

大年初一早上，這是一年之中早上可以睡懶覺，不必早起的一天。早起來，反而會被爸媽唸說：「怎麼不多睡一會呢？」聽到客廳的劈劈啪啪的鞭炮聲，哪睡得著！迫不及待將昨晚準備好的新衣及襪子穿好，再穿上運動鞋，趕快來看爸爸開大門。媽媽已在廚房準備早餐，將發糕蒸一下，燙高麗菜。今早要吃齋，早餐還有豆腐、生仁糖及冬瓜糖等。

吃完早齋後，整個村莊，家家戶戶都會到村裏的土地公廟行香祈福。一到九點，爸爸準備金香、銀紙及水果，帶著全家人到土地公廟恭敬地參拜。一會兒，隔壁的叔叔伯伯也來了！土地公廟面積不大，一下子就顯得有些擁擠，小孩子拜完後先回去。留下的大人們，互道恭喜後，話匣子一打開，就開始聊起秧苗，及開春插秧的日子。

在開年的第一天，為了一整年有好運氣，爸爸總是要提醒幾條規矩。例如不能吃藥，如果這一天吃藥，一整年都會吃藥。也不能掃地或倒垃圾，會將財神爺掃走。假如一定要掃地，也要往內掃，把財寶掃進來，不可以往外掃。家裏的客廳大門，不可以緊閉。外面天氣冷，有冷風串門子也罷，門也要留一個縫隙，讓財神爺隨時可以進門。

祥增叔的二兒子榮勝哥，跑來約爸爸去玩四色紙牌，這是一年之中，爸爸唯一的一天出門去打牌，初一是他最輕鬆的一天。我很好奇的跟在爸爸的屁股後面，靜靜坐在旁邊。圍著一圈的叔叔伯伯，拿著不同顏色小小長方形的紙牌，不時喊出「對一下」，「碰一下」，「胡了」！我在旁邊，希望爸爸下一輪也胡了！運氣不好的叔叔，玩了幾遍後，牌還好好的，就提議要換一副新的。媽媽打從心底，就不喜歡爸爸初一去隔壁家玩牌！媽媽是那兒也不去，乾脆睡午覺，我們會笑她說：「平常沒時間睡飽，初一正好補足。」

娘增叔的大兒子永和哥，很有做生意的頭腦！他是孩子王，過新年當起抽抽樂的莊家。他在台一線旁的柑仔店，買一些掛簾樣式的抽抽樂，有「１２０當 五角抽」可抽糖果，也有「２５０當 一元抽」可抽紅包。抽糖果的抽抽樂，硬紙板的上層用奇異筆標示蜜蕃薯、炭烤魷魚或是軟糖等獎品中獎號碼，硬紙板的下層貼有１２０張小小牌紙，供玩家自由挑選。花五角錢可抽一張牌紙，撕下後輕輕的搓動紙片。當紙片出現開口後，就迫不及待看看內藏的號碼，趕快比對上層的中獎號碼。若運氣不好，屢抽不中，永和哥就送一個三色糖果當作安慰獎！

而大人們偏愛紅包抽抽樂，但是需花一元才可抽一張，幸運對中上層的號碼，可是數十倍的獎金。當有大人來抽紅包，頓時會吸引大家的目光，一旦中獎，誘人的鈔票，讓小孩不禁也想省下抽糖果的零用錢，拿來試一下手氣！年初一，大人「對碰胡急促聲」及小孩「抽抽樂驚嘆聲」，在空氣中迴響！

年初二是過新年期間，最熱鬧的日子。一大早，爸媽就到青瓦房，幫忙祖父母準備午餐，招待四位姑姑，帶著姑丈及表哥表弟回娘家。

大姑姑很親切，老遠看到祖母在家門口，就大聲叫「阿嬤，阿嬤！」心疼祖母彎著腰，在廚房忙來忙去準備，常唸說「阿嬤，不要如此勞碌命，兄弟分家就輪流跟兒子住就好了，每年回娘家，就讓各家輪流準備吧！」祖父母總是回說：「青瓦房還可以繼續住，等過幾年再說吧！」

二姑姑是最忙碌的姑姑。年初二就上街去賣菜，因為她常說：「初二的生意特別好，一定要去賣。」每每到中午吃飯時間，才匆忙趕到。這樣總會被祖父唸幾句，有時氣氛會被弄得很尷尬，此時三姑姑會出來打圓場：「過年嘛！反正時間有的是，這頓飯不急！」二姑淡淡的回應：「賣菜很忙！」但心情寫在臉上，對人有點冷淡！

三姑姑的身分很特別，她不是祖父母親生，而是三姑丈再娶的牽手。但是，三姑姑帶回娘家的這一位表哥，卻是我們的親表哥。這位表哥最受祖父母關愛，常掛在嘴邊聊起他的狀況。祖父母將三姑姑當自己女兒看待，一點都不當外人，因此每年三姑姑初二也回娘家。祖父母把對三女兒的思念，轉嫁到三姑姑及表哥身上。

小姑姑最健談，話匣子一打開就聊不停。一會兒跟媽媽聊菜園種什麼菜，一會兒又拉二嬸在角落邊低聲講悄悄話。對於小孩，問幾年級了，學校功課怎樣，考第幾名啊！人都有脾氣，尤其是長輩們，有事起爭執，往往講話聲音變大！小姑姑沒有什麼脾氣，常站在中間立場，不慍不火的說上幾句，氣氛緩和許多。不過小姑丈都要跳出來說：「婦人家，不要講太多！」一來一往，讓我們覺得分外有趣！

年初三則是陪爸爸，媽媽走路回娘家。很早就從家出發，經過大馬路，轉小路，過一條河流，在彎彎曲曲的田間小路繞來繞去，有時還會走錯路。到觀音剛好趕上午餐，大舅家與二舅家很近，因此有時到大舅家用餐，有時去二舅家。

媽媽回娘家，禮數可不會省。應景的等路有半隻雞、酒和小小的紅包等，代表對哥哥的一點敬意。媽媽說：「對大舅、二舅要很敬重，你們也是從那一邊來的！」我的鼻子高高的，大家就說跟大舅長的很像。大過年，有個「高鼻子」的話題，可以開開玩笑。有的親戚說「阿琢仔」，也有說「鉤鼻仔」，這些都是對外國人的稱呼。還有說鼻子高高寬寬是代表財庫飽滿。最有趣的是「賣茶的」，因為在電視廣告看到，「那個拿著釣竿，賣波爾茶的小夥子。」

在下午回程的路上，媽媽會繞道到大阿姨家作客。常聽媽媽說，外公外婆早過世，他跟大舅，二舅及大阿姨，小時候就在海邊以牽罟維生，一起吃苦長大。他們之間有一股真感情，談起在冬天牽罟，媽媽總是會說：「當時年紀小，在岸邊拉漁網沒什麼力氣，還好大舅，二舅及大阿姨脾氣好，總是在旁打氣鼓勵。牽罟讓全家人溫飽。」

大阿姨的孫女在毛毯廠工作，時常有剩餘的布料，可以送給員工。大阿姨擅長使用裁縫機，做出小而美的毛毯。大阿姨送媽媽一件深藍淺白格子花紋的小毛毯。她說：「耕田人，深藍色比較不怕弄髒，睡午覺，蓋肚子很方便！」媽媽甜蜜蜜的笑，拿著小毛毯比對一下自己的肚子尺寸，很滿意的點頭！酸甜苦辣的共同生活，點滴在心頭，讓大舅，二舅及大阿姨，感情歷久仍親！

到了年初四，媽媽將籠床上的年糕及發粄拿出來，用菜刀將表面的一些小黑點削掉，然後在大灶起火，將年糕及發粄放在蒸籠蒸熱，這樣延長保存期，能食用到元宵節。並且切兩碗發粄擺在灶邊，面向大灶手持清香，恭迎灶神回來。

年初五出年假，一早媽媽去菜園看心愛的菜生長的如何，眼尖的媽媽很快就發現白菜被小毛毛蟲吃掉不少；茼蒿這幾天沒採收，葉子老了許多。爸爸準備忙農事，入年假前浸泡的穀種，打開來透透氣，看看發芽情況。媽媽說：「年味已經跑到台灣尾了，大人要上工，小孩子也要趕快寫寒假作業。」

打粄頗羅

我們家很喜歡打粄！住在青瓦房時，當廚房傳來石磨的挨挨聲，我就知道媽媽和祖母在挨粄了。

祖母將浸泡過的米，舀一勺放入石磨的中心，然後加入一瓢的水。媽媽用手推動石磨的上方丁字形把手，讓上石盤一圈一圈的轉動，米漿就從下石盤的夾縫中流出，石盤下放一個布袋盛裝。磨好的米漿，媽媽放在青瓦房後的水井旁，拿塊大石頭壓著，等米漿壓乾。

使用石磨挨粄，費時費力。粄挨好後，還要清洗上下兩塊笨重的石磐。聽說街上有使用電動的挨粄機，爸爸就騎著腳踏車，將浸好的米載到街上去挨，然後將挨好的米漿放在後座，一路上滴著水載回家。

全家搬進紅瓦房，每年要打很多粄，去街上挨粄畢竟不方便，所以有一年農曆過年前，我們家買了一台電動磨米機。這是我們村莊的第一台電動磨米機，當它將上電，隆隆作響時，整個村莊的鄰居很快就知道，紛紛到我家門口的禾埕，排隊要挨粄。電動磨米機，引起大家的好奇心。

這台電動磨米機，由一個馬達連接一條皮帶，帶動磨漿機。磨漿機由前後兩片砂輪磨石密合而成，後面的砂輪中間有兩片刀片，馬達帶動此刀片旋轉將米搗碎；前面的砂輪有個凹槽，空間正好是密合刀片。將前砂輪蓋子合上，旁邊的把手可以關緊。

磨漿機上面有個入口，有塊隔板連接著一個米桶，隔板控制米的進入流量。米桶上面是水桶，提供研磨的過程需要的水，控制出水開關，可以調整米漿的濃稠度。在磨米過程中，媽媽會用手，輕揉米漿，知道粗細程度，調整隔板入米量，或是水龍頭開關。

關於這台磨米機，媽媽最有經驗知道如何控制。她說：「入水量太少，馬達會抗議加大音量，告訴它卡卡的，搗碎很吃力。若水量太多，則米漿會水水的，並有些顆粒參雜其中。」買磨米機的喜悅，寫在臉上，這就是她想要的挨粄機，過年過節打粄很方便。不久之後，隔壁的叔叔伯伯，每一家都買了自家的挨粄機。

有了挨粄機之後，隨時都能夠打粄，而且可以變出許多意想不到的各種粄食。打粄樂趣多，所以媽媽是「打粄頗羅」，打粄的專家。媽媽說：「我這些小孩，都是吃水粄長大的。」

做水粄是一件最容易的事。在來米浸泡在水裏泡軟後，打開挨粄機磨出米漿。把米漿分成兩部分，一部分的米漿混入一些黑糖；另外一部分的米漿，加入一些鹽巴，分別攪拌均勻。此時媽媽決定是否要再加一點水，調整米漿的黏稠度，因為這會影響水粄的口感是水水的，或是綿密結實的。

蒸水粄時，我們這些小孩會擠在旁邊，幫忙在磚頭大灶起火。媽媽把竹子編的蒸架置於大鍋內，等水滾後，媽媽將甜或鹹的米漿，分別盛入小碗中置於鍋內，利用滾燙熱蒸氣將米漿蒸熟。一時半刻，熱騰騰的甜水粄，馬上可以拿到餐桌上享用。一口咬下的瞬間，感受到口感柔軟的滋味，我從小嬰兒就開始體會到了。

假如要吃鹹水粄，媽媽會準備不可或缺的專屬配料一菜脯。將菜脯浸在水中，軟一點後切碎。再搭配韭菜，豆乾，一些碎豬肉，在鍋子炒一炒。等鹹的水粄蒸熟，把這些配料灑上，就成為美味的鹹水粄。

除了水粄之外，隨著耕作節氣，媽媽會做各式各樣的粄食。譬如說插秧完工後，為了答謝辛勤的叔叔伯伯，媽媽會做粢粑。因粢粑黏黏的，可以象徵秧苗連結大地，能夠穩固成長，來日有好收成。

隔壁的阿壽伯知道我們家要打粢粑，天還沒亮就跑過來要幫忙。粢粑要好吃，可是需要硬功夫。我們家有一根打粢粑的竹棍子，專門當攪拌粄糰的工具。媽媽在大灶將粄糰煮熟，趁熱倒進粄桶裡。阿壽伯幫忙將粄桶固定，爸爸用竹棍攪拌粄糰，攪出糯米的黏性與韌性，越攪越Q彈。累了換阿壽伯，來回數次換手後，兩人額頭上分不清是粄糰的蒸氣或汗水時，整桶的粢粑才成形。

粢粑要食用時，取一小份用勁拉斷成條狀，再捏成小糰，滾過花生粉，一顆顆滋味香甜順嘴，嚼勁十足。口感紮實，又香又Q的粢粑，是任何人都無法抗拒的甜點。粢粑還可以搓成圓球再壓成扁平狀，中間留一個凹處放花生，泡在黑糖薑水裏，稱之為「牛汶水」。因為牛很喜歡泡在河裏避暑，只露出頭與背在水面上。而黑糖汁粢粑，只露出邊緣的粢粑，而中間又凹陷下去，極像牛泡在水裏的樣子。

媽媽愛吃鹹粢粑。「將粢粑配上爌肉的鹹湯汁，並灑上香菜，就成為一級棒的鹹味牛汶水粢粑。」對於吃膩了甜粢粑，想換口味的人來說，未嘗不是好的選擇。隔壁年長的大伯公，偏愛原味的粢粑。我猜他們已經探索過香甜的花生粉味，也嚐過牛汶水，及鹹粢粑。原汁原味的粢粑，更能吃出食物原本的味道。就像人生，嘗過酸甜苦辣後，覺得平淡比較好。

端午時節，媽媽又開始大展身手，做粄粽！粄粽要好吃，爸爸說：「要使用蓬來米及糯米混搭，大概要抓二配一的比率。」媽媽接著說：「加入糯米，讓粄粽比較黏，可以撐開包餡料。」

混搭米浸水軟後，磨成米漿壓乾。媽媽取一些乾漿，用手捏成十幾塊，放入小灶鍋中加水煮熟當粄母。這些粄母再次混入其他乾漿中，手揉攪拌成團。為了讓粄皮不會太淡，媽媽在搓柔過程中，時而撒些鹽巴，讓粄粽更加順口入味。

波羅汶溪邊的月桃葉，是包粄粽的好材料。端午佳節前幾天，爸爸媽媽就到溪邊收集月桃葉，洗乾淨後，去頭去尾的整理一番，過一下滾燙的熱水，晾乾備用包粄粽。

一切準備就續，媽媽開始展現快速的包粽手藝。只見她取一個粄糰，搓成圓形，再做成碗狀，將配料放入包起來。取一片月桃葉，摺成漏斗形，將包好餡料的粄糰裝進去。將月桃葉折下包邊，捏出粽子的形狀。使用棕葉的繩子，繞一圈粽子拉緊，再繞一圈打個活結，粽子已經綁好了。一氣呵成，當我還在捏粽子的形狀時，媽媽已經準備包下一個粽子了。

一大串的粽子包好後，大灶的水已經滾燙，將粽子放在竹架上蒸。半小時候，打開鍋蓋，滿屋盡是月桃葉與棕葉散發出的清香氣息！這般有月桃味熱騰騰的粄粽，要連吃兩個才滿足。

到了收成季節時，最常做的粄是米篩目。米篩目板，很顯眼的掛在廚房牆壁上，這是村莊戶戶必備的打粄工具。這塊米篩目板，它的外框是木製的，中間是白鐵，上面鑽滿小洞孔。製作米篩目時，媽媽把揉合的米漿糰在板上推壓，一條條的米篩目就從打洞的篩板，落入下面的熱水鍋裡。

做米篩目選米，媽媽也是有經驗的。他會提醒爸爸。特別留下一些去年收割的在來米，今年做米篩目。媽媽說：「老米水分少，做出來的米篩目比較Q，不會水水的。」又說：「選用在來米比蓬萊米好，因為米篩目煮好後比較不會糊掉，吃起來比較有彈性。」所以媽媽做出來的米篩目，恰到其處！

米篩目與粄粽製作過程，都需要磨成米漿壓乾，再取一些乾漿煮熟當粄母。媽媽說：「粄母有助於漿糰更有黏性，手揉起來有彈性，不會太乾。」粄母混入乾漿中，手揉攪拌成團準備就緒，大灶的水也咕咕滾著！一打開鍋蓋，滿間廚房熱氣瀰漫！

媽媽急忙在大鍋上架起米篩目板，像洗衣服般在米篩目板上來回搓起漿糰，白色的米篩目順著篩孔落入底下滾燙的熱水裏。媽媽一邊使勁的出力，一邊喊說：「快打開灶門，火不要太猛了！」我們急忙應允，說著：「好好好……，馬上打開透氣！」家中柴火充裕，我們都很頑皮，使勁去燒柴。

媽媽做米篩目，做出了心得，他說：「米篩目要漂亮長一點，不要短短的小豆點。在擦米篩目時，在篩板上要留下一些粿糰，才接著搓新的粿糰，就會接起來。」沒想到做米篩目，也要留一點給下一代，才能代代相傳！白色的米篩目浮起即熟，撈起來冷卻加上黑糖水，剉冰當甜點。也可以煮鹹當點心，樣樣都是上等的享受。

每當家裡準備打粄時，爸爸忙著去張羅米材，媽媽磨米挨粄搓漿糰！小孩生火燒熱水，大灶裏升起熊熊的火燄，大鍋的蒸氣佈滿了廚房！打粄連結著全家人的情感，不管多少年過去憶起，都令人懷念！

滾編紙炮

這個村莊的居民，除了耕田之外，農閒時間的副業是五花八門。例如二伯養一些豬，順便做起牽豬哥的生意。二叔叔出外蓋房子，當砌磚頭的師傅。爸爸出外做水泥工，幫忙混拌水泥，運送磚塊。德伯到紙炮工廠接單，運回村莊找大家代工等。

嬸嬸和嫂嫂們，種菜帶小孩，順便接手工生意，補貼家用。手工生意有聖誕燈泡裝配，塑膠玩具的組裝，或是縫製布偶服裝。媽媽做幾年代工剝黃梔，後來就做德伯的紙炮代工。

當德伯用小貨車載來一綑綑的爆竹紙時，全村莊大大小小全部聚過來，分配這些炮紙。德伯問說：「你家裏還有爆竹紙庫存嗎？」若是回答：「沒有了！」就會多分幾綑的爆竹紙。有時候為了能再拿一些，撒個小謊，也是常見的事！只是大家睜一隻眼就算了，反正大家都是親戚！

領到爆竹紙，媽媽就很難閒下來，總想把它快快完成。一早媽媽就在紅瓦房的客廳滾紙炮。她坐在一張矮板凳上，前面有一個木桶，上面架一個長板。將紙筒一端糊上漿糊，利用筷子將紙筒滾成圓柱體的空筒，尾端用漿糊黏上一層紅紙。因為整個過程像是用手慢慢滾一個圓筒，所以大家管叫它「滾紙炮」。

滾紙炮是製作鞭炮的第一步驟做「炮身」。加工好後，德伯會運回工廠灌入火藥。

從早上八點多開始做，一直到晚上睡覺前，媽媽可以裝滿幾十木桶。加工完成後的圓筒紙炮，德伯收回時稱重計酬。小孩子放學回家，功課做完幫忙滾紙炮。全家在客廳滾紙炮，一邊滾一邊聊天，互相比賽，誰先滾好。有時為了貪快，滾出長條形的炮筒，惹來一陣的笑聲！

媽媽滾紙炮手法熟練，速度比小孩快甚多，媽媽說：「滾紙炮要有技術的，施力要平均，滾出來才會是圓筒。不會一邊突出，一邊凹進去，這長條形的炮筒是不良品。」擔心我們做的品質不良，小孩子做好的炮筒，媽媽總是要用手在木桶裡撈一撈，翻一翻，檢查一下是否合格？太多不合格的紙炮，下回德伯運來紙筒，準會報怨一番上次出貨的品質。他也會比較誰家的紙炮品質比較好，下次可以分配獲得較多的紙筒。

在板凳坐久了，難免會腰酸背痛，小孩子比較坐不住，總想要出去玩。有時心裏會埋怨：「滾紙炮這麼費工，偏偏媽媽每次都要搬那麼多捆回來。」但看著媽媽，做著挺來勁，不會想要休息一下，姊姊們還不都是這樣做。

做了三年多的滾紙炮代工，因為自動滾紙炮機器的發明，手工成本太高，因此我們沒有紙炮可滾了。媽媽當然閒不下來，改做耶誕燈泡的組裝工作。用

滾編紙炮

一根電線連接有一長串的小插座，將塑膠花及小燈泡插在固定位置。完成安裝後，通電測試耶誕燈泡。再將一捆一捆的耶誕燈泡裝成箱，就可以換錢了。

過一陣子之後，從事紙炮業的德伯，問我們家要編紙炮嗎？使用灌進火藥的紙炮，用引線編在一起，所以稱為「編紙炮」。比起滾紙炮及組裝耶誕燈泡，編紙炮風險也比較高，所以有高利潤。

德伯用小貨車載來紙炮頭和已灌好火藥的紙炮。紙炮兩兩成雙，中間已有小引線相連。紙炮頭是一個六角型的紙盒，上面有標明二十萬，三十萬，五十萬，一百萬到五百萬。數字越大，代表長度越長，因此鞭炮聲也越長。

媽媽坐在客廳地上，將紙炮頭串接火藥引線三條。引線從中對折，將紙炮二雙放在下面三條引線上，上面三條引線分二路跨過紙炮，與下面三條引線上下交叉。依序再放紙炮二雙，上下互相交叉。三條的引線用罄前，再接另三條對折引線之中點，繼續編下去，最後會連接成一長串的紙炮。將此長串的紙炮，繞著前端六角紙盒滾成圓桶，再用二條長橡皮筋，上下把最外圈綁緊成型，就成為市面上看到的鞭炮。

我們姊弟們，放學做完功課便加入工作。爸爸忙完農事或在外做水泥工回家，晚上也幫忙做最後一道手續，用兩條大橡皮筋，上下各一圈綁好有長串紙炮的六角紙盒。

為了加快速度，我們小孩子有時會偷吃步，有時將三雙紙炮放在一起，上下互相交叉。或是更過份一點，偶爾將四個紙炮放在一起。雖然速度變快了，但紙炮掛起來時，這幾個會零零落落的掉下來！

姊弟們一起工作，有時會打瞌睡，偶爾會玩成語接龍遊戲，用字尾接下去，讓大家可以提神。但還是少講話好，因為收工洗臉時，鼻子裏面都是吸進去的黑黑灰塵。最令我們困擾的事，因為火藥裏面有酸性物質，假如我們手上有小傷口，只好忍痛撐著，傷口再反覆結痂，又裂開數次之後，才會痊癒，我們會笑著說：「火藥灰塵含有紅藥水的消毒成份，灑上幾次一樣會好。」媽媽的忍耐功夫最強，要顧三餐難免手會割傷，用ｏｋ繃包紮，碰到火藥灰塵從來不會唉一聲。

全家一起趕工出貨，只要德伯送紙炮過來，我們三天後，就可以出貨。速度之快，全村莊算是第一，沒有一家人有如此高效率。因而我們家分配的紙炮數量很多，有時會讓鄰居羨慕不已。

在客廳代工，場所太小已不敷所求，左邊的豬欄也來當作代工廠。爸爸出外工作，姊姊長大上班，我上學唸書，媽媽每天一個人在豬欄工作，做到晚上十點鐘才收工。我放學後，偶爾晚上唸書時，拿著書本，在旁邊陪一會兒，準備明天要考的課目。爸爸也常提醒他：「晚上不要做太晚」，但是媽媽說：「這是他的工作，要按時完成，不可以拖。」

編紙炮這行業，是用自己生命去賺錢的行業，後來有爆竹工廠出事情，狀況很淒慘，家附近的管區警察，也來調查是否有從事這方面的行業？因此，媽媽停了一陣子。本想要收起來，不要做這個危險的行業了。編紙炮的錢，媽媽拿出來給爸爸貼補家用，或是當我們小孩子的學雜費及每月的營養午餐費。爸爸把錢存起來，買了一台黑白的電視機，也打算將來要在旁邊的農地上，蓋新的房子。

為了避免陌生人看見，媽媽的代工場所從豬欄，搬到青瓦房屋內最隱密的房間。這一間房間是挑高的瓦房，從屋頂垂下一盞黃色的燈泡，屋簷側邊有個小窗戶，可以知道外面天氣。房間有一面牆與三合院祠堂左面牆共用，祠堂若有人對話，依稀可以聽到，讓它顯得不會那麼沉靜。日復一日，年復一年，媽媽在這待了十多年的歲月。

大部份的時間，他是單獨一人在此工作，我的小姊姊在工廠輪三班，偶爾輪值到晚上的班，白天會陪媽媽一起做手工。小姊姊手腳快，做一小時可以抵媽媽三小時的工作量，這樣媽媽可以早點休息。出貨速度慢，老闆大概一星期只會來收一次貨。村莊的隔壁鄰居沒做了，最後全村莊只剩下媽媽一個人還持續的做這個手工，他這麼堅持做下去，讓認識他的親戚朋友，都很佩服。

有一次回家，突然發現媽媽的左右手指的外圍八個關節，長出圓滾滾的瘜肉。很慚愧，我是多久沒有關心他了，這些瘜肉不是一兩天就會長成這樣，磨的圓滾滾的，也不是一兩天的事，我怎麼現在才看見。我心裏很酸，問了一下：「怎麼會這樣呢？」媽媽說：「沒關係，反正皮很厚，耐磨。」我回說：「不要再做了，好嗎？」他說：「你們沒在家，反正我也是閒著。」我還不會賺錢，是無法說服他的。

想到媽媽這麼辛苦賺錢，放假，我那兒也不想去。好好唸書，或是回家陪他做手工。看著媽媽賺錢很不容易，我學會用錢要省著一點。等到有天，我會賺錢了，我會告訴他：「你可以不必做這行了。」

媽媽是一個單純的農村婦女，內心只想著為了這個家，就一直認命的做。從早上做到下午，從下午做到晚上，嚴守規律的作息。他的休息時間，只有趁著德伯來不及補貨的這一段空檔時間，只要有工作好做，他無法閒下來。我是無法理解，是什麼樣的動力，驅使他那麼努力的做手工。也許，他想的很簡單，「有做才有收獲吧！」

第三章　路邊人家

1．路邊人家
2．姊弟與我
3．祖父母同住
4．喜迎小寶貝
5．散步慢活
6．高鐵來了
7．田中之家
8．幾許菜畦
9．都是一家人

路邊人家

紅磚瓦房旁有一塊農地，原來是洋菇寮，現在種了水稻。在兄弟分家時，祖父把這塊地分給爸爸，要為守護京兆祠堂香火盡力。

爸爸勤勞耕種，又外出做水泥工。媽媽顧家編紙炮，姊姊到工廠上班，領到薪水，馬上寄回家，這些收入讓生活水準提升。為了讓我們有更好的居住環境，爸爸存了足夠的錢，決定在這塊農地蓋起新家，因為緊鄰湖中路邊，我們成為「路邊人家」。

在新家動工的前一年，我就常聽到爸媽聊天說：「這一陣子鋼筋的價格有降價了，先買一些備料。」平常爸爸到處兼差做水泥工，他對於蓋房子最貴的材料——鋼筋價格特別敏感，想用分批方式購買。沒有備足鋼筋，還拿不定主意新家何時可以開工。

鋼筋準備就緒了，新家計畫蓋在田中央，左右兩邊仍留一些稻田。前門有一塊空地當禾埕。家門口正對從台一線通往新湖口的湖中路。右邊的竹林外，有一條水圳流到波羅汶溪邊。水圳有一條分支流到家的後面。家的後面與村莊隔著竹子林及二棵朴樹。

不管是之前的紅磚瓦房，或是現在要蓋的鋼筋水泥樓房，爸媽的參與都很深，幾乎事必躬親加入建造的過程，除了對細節的用心，就是想節省請工人的費用。

從怪手挖房屋的地基開始，工人還沒上班，爸爸就先到工地。他跟營造老闆說：「我們家田的土方是種植稻米的，比較乾淨，挖好回填要用這些土，先找其他地方暫放吧！」老闆知道爸爸是行家，連忙稱說沒問題！

工人來施工，綁鋼筋。爸爸是水泥工，平常跟著師傅到處蓋房子，綁鋼筋很上手，看見工人綁的太稀疏，就去多綁一根，再多扭幾下。他說：「這樣比較安。」一旁邊的工頭，有時還會嚷嚷說：「安啦！主人也當監工了。」爸爸說：「自己的房子當然要特別顧好！」

灌漿車來了，他會跑到車旁跟司機說：「不要太水了！」我猜是指水泥漿的濃稠度吧。灌漿時，他和工人們拿著木棍敲擊地面，讓混凝土能夠紮實平坦。爸爸在角落邊，特別停留很久，東敲敲，西敲敲，深怕還有空隙沒灌到漿！灌漿車的司機嘀咕說：「要領他的工錢，沒那麼簡單。」

爸爸長年在工地打滾，他知道灌漿之後，灑水養護水泥的重要。一般建商只在灌漿後第一天澆澆水。爸爸連續好幾天，早中晚定時在上面澆水，淋濕整個地基水泥，他說：「這樣水泥地面不會裂，地基才會結實。」

媽媽煮三餐及早晚點心後，還兼差做小工。房子的牆面砌紅磚，外表再用水泥來抹平修飾。抹水泥的師傅，需要一口氣從上抹到下，中間不能停，才不會留下不規則的刮刀印，所以媽媽幫忙傳送水泥。家裏外兩頭忙，氣不敢大喘一兩下。

蓋到二樓時，要吊磚上去。租用固定式的吊車，以小時計費所費不貲，使用手工吊磚較划算。因此爸爸在二樓架起吊磚架，伸出一隻長臂，末端綁繩子到一樓，幫忙工人將打包的磚塊吊上去。

到了二樓頂層時，爸爸說：「挑個時間拿通書，給阿叔挑選上樑日子。」雖然已分家，但是爸爸有重大日子要決定，還是拿著農民曆，到祖父住的青瓦房那裏，請祖父挑選好日子。上樑是中國古禮，建築房屋結構的最高處，挑一支上好的木頭當樑，現在水泥房屋無樑，因此在最頂樓灌漿時間就是上樑日。我們家族傳統就是敬天地，這麼重要的日子，一定要準備牲禮及貢品，藉由祭拜儀式，謝天、謝地、謝眾神，也感謝所有為建造此屋的工人。我們家喜慶一定有紅湯圓，上樑儀式後，媽媽到隔壁鄰居家，請他們來享用紅湯圓，沾沾喜氣。

眼看著一棟平地而起的房屋快完工了，象徵一家人的生活即將從新開始。從青瓦房到紅磚瓦房，原本就是很平順的小康生活，當然也希望搬新家後，也能順風順水，運勢得以延續。

入新居當天，爸爸到村莊的土地公廟，將搬家的事情告知土地公，請土地公多多保佑。媽媽忙著將大灶起火，安爐灶，煮甜湯圓。我和弟弟幫忙將十元的銅幣，往屋內的各個角落灑放，以象徵全家發財。屋內院外，忙裏忙外，充滿著搬新家的喜悅。

入新居還要廣邀親友來家中參觀，辦桌請客，多聚人氣，讓住在裏面的人事事平安。前一個月，爸爸特別到大舅及二舅家，登門邀請他們一定要來作客。媽媽說：「大舅及二舅要來坐上席。舅舅不坐上席，酒席是不能開席的。」

辦桌當天，家門口橫樑上，掛上紅步，表示鴻運當頭，討個好兆頭。門口的禾埕，用鐵杆搭起藍白紅相間的帆布棚，底下擺滿了紅色的鐵圓桌和塑膠椅。禾埕左邊的一個角落，架起簡易的爐灶與備菜的桌檯。總舖師當場烹煮食材，還有二位小工在旁幫忙洗菜，挑菜及切菜。不到中午，美食的香味早已飄遍整個村莊。

媽媽最在意的大舅及二舅來到了，馬上陪他們逛新居。看見自己的妹妹新居落成，大舅不停讚美媽媽：「阿有妹，妳好會喔！短短幾年，又起新屋。」媽媽的臉上洋溢著笑容，連說謝謝：「託大哥的照顧才有今天的我，等會兒請大哥坐上席。」

爸爸忙著招呼他的水泥班夥伴、親戚以及左鄰右舍的好友，講到聲音都啞了，還不忘提醒總舖師：「菜新鮮最好，不要讓他漏氣。」平常爸爸很少喝酒，此次破例喝的紅光滿面，「叫乾杯聲」此起彼落。禾埕熱鬧哄哄的聲音，隨風傳到幾里外。二位廚房小工上菜不及時，客人充當服務生，幫忙端菜上桌。禾埕辦桌，分不清主客，讓所有人都成一家人。

成為路邊人家，全家人與有榮焉！因為這是全家人努力的結果。爸爸備足建屋所需要的工程款，並沒有借貸金錢。這一筆錢，是全家人一點一滴貢獻得來的。爸爸媽媽農忙時耕種、換工。爸爸農閒時外出做水泥工，媽媽做家庭代工。大姊、二姊、三姊及小姊，年紀輕輕就出外在紡織廠輪班工作。所有賺的錢，幾乎都交給爸爸統一保管。一點一點的攢，一點一滴的省，得來不易。

建屋過程中，爸媽躬身入局，鋼筋上的鐵絲要多綁一圈，角落的混凝土要多敲幾下，打好的地基要早晚多澆幾次水。可見是多麼在意，這一個能為他們的孩子遮風避雨的家！

姊弟與我

我有五個姊姊和一個弟弟。在這個大家族，從小時候開始，姊姊們都刻苦耐勞，而且非常照顧弟妹。我想這一切應該來自於我們的父母親，甚至可以追溯到整個家族的傳統，或者更遠的血緣因素，我們都是客家人。

大姊是大家族中，最早來到的小孩。在她的幼年，因石門水庫未興建，水源很缺乏。台灣最早的紡織業未興起，也沒工廠可上班。全村只能靠喜窩溪水，種植地瓜維生，能夠活下來，要看老天爺是否能賞一口飯來吃。大姑的表哥來幫忙換工種花生，大姊就跟著爸爸到大姑家做幾天田活。念小學的大姊主內，幫忙大姑家打理三餐，讓表哥們都好奇，這麼小年紀，怎麼會做家中大小事？

為了減少家中的一個飯碗，又能多一份收入，長輩希望大姊趕快從畢業，就外出找工作賺錢。在青瓦土牆時，坐在客廳的四方桌前牆上吃飯，抬頭一望，滿牆是大姊在湖口國小前三名和模範生的獎狀。多年之後，當我上小學時，老師還說：「我教過你大姊，他用功成績又很好！」無奈環境不允許，大姊沒能繼續念書，就必需早早離家，跟著二叔到陽明山上有錢人家打工，背負起家中經濟來源的重任。

住在青瓦房屋，祖父是家中最高長者，全部收入都交給他統籌運用。大姊在外工作，因為交通不便很少回家，但是每個月的薪資都準時的寄回家。因為路途遙遠，直到要出嫁前，才回到村莊。大姊要離開時，她的老闆很不捨少了這麼好的助手。

大姊要出嫁了，爸媽商量做喜餅。那時候很少吃到甜食，在青瓦土牆時，擔心小孩貪嘴，長輩要將過年的蒸的年糕及發粄，吊在屋頂上慢慢切一點來吃。平時若聽到親戚有訂婚的喜餅，很期待會送來喜餅。

這次是自家做喜餅，仔細算好親戚朋友，隔壁鄰居的喜餅數量後，大姊特別多訂了十幾盒的喜餅，要留在家裏給爸媽及弟妹慢慢享用。那個時候沒有冰箱，喜餅是含糖份高的豬肉餅，媽媽放在床頭放棉被的架上，存著幾個月不會壞。每當我們想要吃時，媽媽就會拿下來，不管小孩大小，都平均分到一塊，大家吃的很滿意。

大姊出嫁後，因為大姊夫家離村莊很近，反而拉進了我們姊弟之間的距離，感覺是突然之間多了一位姊姊。我在紅磚瓦房前學騎腳踏車，第一次學會，就騎車出村莊，到大姊夫的家，給大姊一個驚喜。

大姊夫對於水電特別在行，家裏的抽水馬達嘎嘎在響，井水抽不上來。爸爸說一聲，大姊夫騎野狼機車馬上趕過來，一會兒就修理好，媽媽有水可以煮飯了。客廳的燈泡壞掉了，或是豬欄要新裝燈管，樣樣事都做，是爸爸的好幫手！

大姊夫家也是務農，耕作一大片農田。爸爸會跟大姊夫交換耕種心得，何時要播種，插秧啊，請大姊夫看看種子發芽的狀況。耕田人家，粗活多。家裏買了機械式的打田機，我年紀小，力量不足駕駛打田機。爸爸叫大姊夫假日來幫忙打田。

媽媽覺得過意不去，常提醒爸爸：「不要每次都叫阿煥，他平日要上班，假日家裏也有田要耕啊！」但爸爸回說：「女婿是外子，手腳快，只是幫一下忙，阿煥不會計較。」

我在學校念書，勞作課的回家作業很難，要釘一個書架。我的手腳笨笨，釘的歪歪斜斜，固定書架兩邊的圓弧板，鋸的也不平整。大姊夫看見了，說這樣肯定成績不好！幫忙我修改外觀，最後成品竟跟外面賣的品質一樣！拿到學校，老師和同學都懷疑是我親手做的嗎？我不好意思說：「我有高人在旁邊幫忙！」

爾後在我的心目中，大姊夫也扮演一位大哥的角色。只要學校作業，要敲敲打打做工藝之類，我都請大姊夫出馬幫忙。當國中畢業，要到台北考高中聯考，我也跟爸爸說：「可以請大姊夫來陪考嗎？」大姊夫也欣然同意。大姊夫乾脆爽直，身為大哥不會嘮嘮叨叨訓話，只是靜靜的陪在我的身邊，看我有什麼需要，再適時的幫忙我！

大姊出外工作，二姊在家當大姊的角色，苦力活做的特別多，還要幫忙媽媽照顧妹妹。尤其是照顧四姊阿香。阿香姊，從小就有黃膽病，臉色總是黃黃的，是媽媽最掛心的小孩。晚上睡覺，媽媽總是讓阿香姊睡在二姊身旁，要二姊幫忙蓋好被子，免得阿香姊著涼。

石門大圳的水來了，村莊周圍可以種稻，二姊跟著爸媽插秧、挲草和割稻，田事做的多。也正好遇到紡織業起步，因為工廠上班比在家裡耕田更能賺到錢，二姊也就出外工作，住在工廠宿舍。農忙時期，二姊都會請特休假回家幫忙曬穀，挑秧苗二姊忙完之後又回到公司上班。

三姊年紀小，上面有二姊幫做農事，且家中的經濟狀況已改善，可以給小孩上學。又剛好實施九年國民義務教育，因此順利的完成學業。三姊在校認真，成績很好，每每得到老師讚賞。老師鼓勵她繼續升學，但那時女孩長大就嫁作他人家，有書不必念太多的觀念，去工廠上班分擔家計為要。因此三姊就隨著二姊腳步，一起到紡織廠上班，他們都是那個時代台灣經濟起飛幕後的功臣。

每逢週六下午，我們在家的弟妹們，很期待二姊及三姊工廠休假回家。因為姊姊會帶些小禮物，像是糖果或是餅乾的小點心。我們很好奇的圍在姊姊旁邊，聽她講工廠及宿舍與同事相處的事情，家裡頓時熱鬧起來，說話聲還會吵到隔壁鄰居。

小姊姊，年紀跟我最相近，所以從小就很照顧我。我們一起唸湖口國小，她是高年級，下課就常跑過來關心弟弟，讓其他同學看見，懷著羨慕的眼光說：「你的姊姊來看你哦！」

有一次，我下課時貪玩，在黑板上用紅色的粉筆畫啊畫，亂塗一通。因為平常教室裏只有白粉筆，老師有需要才會特別從辦公室拿些紅粉筆。不巧，老師從辦公室回來拿東西撞見了，很不高興的訓了一頓。

心情不好，走出教室到後面的花園，剛好小姊姊來找我，看我的臉色有異樣，問我怎麼了？我回說：「沒什麼！」她注意到我的手，怎麼紅紅的？我說：「因為玩紅粉筆。」想掩飾剛才被訓的事。小姊姊看著就能猜到八分了，她跟我說：「這位老師看起來雖然很兇，實際人還蠻好，一定有事惹她生氣了，下次注意就沒事了。」小姊姊的提醒，讓我的心情就平復了，確實是我錯了，這位老師脾氣好，只是唸我幾句而已。

學校買了一些數學、物理及化學參考書，當作回家作業。參考書上的空白處很少，所以需要額外的計算紙。每次小姊姊經過書店，不會忘記幫我買淡黃色的空白紙當作計算紙。參考書的練習題，做了好幾遍，不知用了多少疊的計算紙。因為數學題目做的很多，有一次考試，從頭寫到尾，還從尾寫到頭，算二次才鐘響，這次成績特別好，多虧小姊姊買的這些計算紙。

最難忘也令我最尷尬的一件事，就是小姊姊帶我去醫院「刮骨療傷」。那一年夏天，學校放暑假。家裏稻子收割，幫忙運穀包上小發財車。我出外讀書，很少幫忙下田農事。爸媽有特別提醒我：「農地路上碎石子特別多，要穿鞋子哦。」我看他們都是打赤腳，像是鐵打的腳板，我應該也可以。

小發財車停在產業道路上，爸爸將穀包扛在肩膀，一聲喝，穀包就拋在車上。我幫忙將穀包整齊排好，這也不算是很粗重的工作。來回幾次，相當順利。當空閒時，我就跳下車來，找其他的事來幫忙。在小發財車上，來回的跳上跳下，一不小心，從車上跳下時，我的左腳底靠近大姆指處的腳板，被一個尖石刺到，瞬間我唉了一下！還好，沒有什麼傷口，只是有一點不適。

割稻完工後，僅接著插秧工作開始了。我的左腳底那踮到點的腳板，竟然走路時，腳掌裏面有一點，會隱隱作痛。因為要插秧了，我想不要說了，反正沒什麼大不了。私底下，偷偷拿萬金油抹一抹。

插秧時，我還是幫忙將秧苗上下發財車，照樣打赤腳去上工。因為左腳底已經有些不適，跳下車時，我下意識使用右腳。沒想到右腳受力太大，右腳掌靠近大姆指處的腳板，不小心也給石頭踮踮到一下。我開始擔心，過幾天右腳掌會不會一樣，踮到之處也受內傷。

忙完了插秧，兩個腳掌底卻越來越痛。走路一跛一跛，紙包不住火，趕快用萬金油揉啊揉，希望腳底內傷能夠化去。幾天之後，不但沒有化去變小，反而越來越痛，腳底腫了起來。聽說使用一根圓的竹筒，用火燙一燙，在放入尿中降溫，立即踏在腳底滾一滾，對於化膿去腫有效。試了幾次後，兩個腳底圓圓腫腫的二個疱變大，走路都要使用拐杖，碰到哇哇大叫。裏面的膿包越來越大，連走路都不行。

很久沒回家的小姊姊，進門後很驚訝，許久沒見到的弟弟，怎麼搞到這副德性。好說歹說，要拉著我到醫院，「說麻醉藥打下去，不會痛，就可以處理好，不要萬金油擦、塗，抹再久也沒有效的。」

到了就近的醫院，醫生二話不說，叫我到二樓手術室去。醫院沒有電梯，我連走路都不行，如何爬樓梯。沒辦法，忍痛爬上去。醫生說：「躺下去吧！」小姊姊問說：「要打麻藥啊。」醫生說：「打麻藥，那很難好。你抓著他吧，按緊一點，別亂動，反正來了，只好忍一下。」

醫生拿著手術刀，在腳掌的膿疱一刀劃下去，用刀刃擠一擠裏面的膿，再用刀子在傷口上刮一刮。刮好了，再用同樣方式，處理另外一隻。折騰一小時，全身神經繃緊，汗流挾背，唉也唉夠了。醫生說：「沒辦法，要刮乾淨點才能塗藥。免得長回去，再動刀一次！」手術後，小姊姊扶著我從醫院一跛一跛下樓，邊走邊說：「忍一下，腳掌上的二個累贅沒了，這樣不就輕鬆多了！」對啊，還好小姊姊強迫我去一趟醫院，否則不知要再折騰多久！

回到家，自嘲笑著說：「我的腳盤是泥做的，下次不敢打赤腳了！」有了這次慘痛經驗後，爾後爸媽下田做農事，更加不敢叫我去幫忙，只好叫我的弟弟去做。

我的弟弟從小頭好壯壯，身體胖胖，很好養，大家就給他取個「大蕃薯」的綽號。在小時，夏天天氣熱，他穿著短襯衫不扣中間的扣子，露出大肚臍可愛到破表，在村莊鄰居家到處串門子，大家喜歡逗著他玩。他很頑皮愛鬧，媽媽叫我幫他洗澡，每每潑到我全身濕答答。我教他如何玩象棋及動物棋，他一學會我就難贏他！他知道下一步我想怎麼走，比我還機靈！

他遺傳到爸爸的基因，身體很健壯，跟在爸爸身邊做農事，樣樣難不倒他。例如，家裡買了一台耕耘機，很快學會打田，在泥巴堆中打滾，練就一身好體力。當兵的時候，抽到海軍陸戰隊，做到士官長退伍。

我很幸運有四個姊姊，很早就出社會賺錢養家。我在外念書，生怕我錢不夠，不會照顧自己，所以對我很慷慨！我不必伸手就主動幫我買文具，或是拿錢當學費。又有一個弟弟，可以幫忙爸媽下田工作，我不必操心，弟弟也不會計較他做的多。我常想姊弟如此情深，是源自於我們都是客家人，流著相同的血液，有著血濃於水的親情。我們都感恩父母親，且惜福惜緣！這份姊弟情，讓我們彼此並沒想到要回報，此真心實意為人間至美！

祖父母同住

我們搬到路邊的新家，此時祖父母居住的青瓦房屋，已經有一點老舊，但是他們仍執意住在那裏。祖父說：「房子還可以住，不要去麻煩兒子，每年都有伙食穀夠了！」祖母也說：「三餐自理，生活比較快活！」

過了幾年，原本住在青瓦房屋旁的二叔，也因為居住面積有限，選在水圳的下游大埤塘旁，自己的農地上蓋新式水泥樓房。祖父母的青瓦房屋，更加冷冷清清。大姑回娘家，心疼父母親年紀已大，就勸告說：「阿嬤，你們跟兒子一起住，沒什麼不好，何況妳的腰，已經彎成這樣了，不要太勞祿命了！」爸媽的又一再邀請，祖父母終於同意搬過來，住在一起。

爸爸農忙在家耕種，農閒出外做水泥工。媽媽煮三餐，菜園種菜或在紅磚瓦房內編紙炮。姊弟們出外上班或上學，有各自的生活步調。

媽媽準備好三餐，趁著熱騰騰的飯菜，總是先催促祖父母先用餐。剛開始祖父母會覺得不好意思，推託說：「等兒子或孫女回來，人到齊才用餐。」但是，大家時間不確定，菜都涼了還沒到齊。為了讓大家都按自己的作息時間，祖父母也欣然同意，飯菜準備好，自行先用餐。

祖父喜歡坐在他專用的藤椅上，前面擺一張吃飯用的圓板凳，剛好與藤椅同高。早晨搬到屋後，傍晚搬到禾埕。他的招牌動作是帶著老花眼鏡，坐在藤椅，將雙腳放在圓板凳上。手拿著一個塑膠做的圓扇子，一邊搧風，一邊看著報紙。看累了，會叫祖母把眼鏡放在屋內，閉目沉思。

祖母常拿著一張矮板凳，坐在祖父旁打嘴鼓。一搭一唱，祖父講到興致時，有時聲音會拉高：「讓人不知道發生什麼事！」祖母在旁總是會輕聲提醒他：「清勝在二樓念書準備考試，不要吵到他了。」因為祖母總是順著他，所以沒有聽過他們有大聲吵過，頂多意見不同時，祖母會說：「不要跟你講了，拿著矮板凳到別地方坐。」

家後面有二棵朴樹，常常結滿了紅褐色的果實，可以拿來當霹啪筒的小子彈，嚐嚐有一點澀澀甜甜的味道。這果實也是麻雀們的最愛。清晨，祖母彎著腰，拿著芒草做成的掃笆，在屋後掃朴樹果實，嚇走了麻雀。有幾隻麻雀會飛到二樓，我的房間的窗戶邊，啄啊啄個不停，大概是想抗議一番，順便叫我該起床了！「太陽曬到屁股，大人已上工做事，要叫醒好命的你，不要再賴床了。」起床後來到屋後，乾淨到一塊落葉也沒有。

住在青瓦房的時候，祖父是很強勢，家裏所有的事，「阿公說了算！」家庭的氣氛比較緊張。現在也是三代同堂住在一起，卻有很大的改變。對於怎麼教自己的小孩，爸媽做主決定，例如「在隔壁鄰居家貪玩，沒有準時回家。」

媽媽多唸了幾句。阿公只在旁邊，坐著藤椅，摸一下眼鏡，扇子繼續搧啊搧，從未插嘴。也許這就是年長者的智慧吧，對於隔代教養問題，此時應是無聲勝有聲。

祖母雖然寵小孩，但是也都站在爸媽那邊。祖母說：「要上進好好讀書，將來賺錢孝敬自己的爸媽。我們老了不中用，就看你們年輕的一代。」一向上向善，總是長輩們對小孩永遠不變的鼓勵，從古至今未改變過。

人生無常，總是會遇到生老病死的過程。在無常面前，一切的功權名利，利害得失，都顯得那麼微不足道。祖父年紀大，身體不適中風住院了。全家族都有心理準備，調整自己的生活步調，一起陪祖父度過人生的黃昏期。

媽媽，二嬸嬸及移居台北居住的小嬸嬸，也都暫時放下手邊的工作，三人輪流在醫院照顧。我有休假，偶爾也到醫院去換班，幫媽媽代班幾天，讓媽媽有喘息休息的時間。祖父身體硬朗，現在身體半邊不能自己控制，著實折騰了他。

在醫院時，我推他坐輪椅，到一樓的走廊上曬曬太陽。我說：「阿公，我休假陪陪你，你小時候，你常教我講客語，有很多艱深的話你都會講，你很厲害哦！」阿公露出一點微笑。我知道，對於長年務農的人家來說，身體都像牛一樣健壯！現在突然倒下，心理沒有準備好，打擊是很大。我說：「身體不是鐵打的，當然會生病，大家都一樣。鐵都會生繡壞掉，何況是人的身體。現在太陽暖和，曬曬太陽養好身體，我們就可以回去了。」

生病住院的人不好過，照顧的人也好不到那裏。身體不能自主，要協助三餐進食，不能同一姿勢睡太久，要翻身拍打，還有注意導尿……，心力的付出難以衡量。尤其到晚上時間，在醫院很難入睡，難怪媽媽說：「去一趟回來，在家要補眠好幾天才能復原。」媽媽的體力很好，都有這樣的感覺，何況是我。我只是休假回來一天幫忙，他們要辛苦一陣子。

在媽媽及嬸嬸們不辭辛勞的悉心照顧，祖父身體狀況漸穩定，可以回家自己照顧，我們也比較安心了。畢竟，回到家還是方便。回來後，祖父原來睡的房間，改由爸爸跟祖父一起睡，由爸爸照顧。祖母搬到二叔家，由二嬸嬸照顧。祖父的生病，好像是一湖平靜的湖，突然丟一塊石頭，起了一些漣漪，但波紋很快過去，又恢復平靜了。

爸爸日夜都陪在祖父旁邊，料理所有的事情。爸爸跟祖父的感情很好，雖然分家了，有事看日子，都要問祖父的意見，給祖父作主。爸爸力氣大，翻身搥背，傷口擦藥，都自己來。不久之後，爸爸很高興的說：「祖父背上的傷口結痂好了！」祖父給爸爸照顧，大家都很安心。很辛苦，但爸爸沒說埋怨的話，實在是很不簡單。

祖母住在二嬸婆家，早上吃完早餐後，她想看看祖父時，一個人柱著枴杖，彎著幾乎九十度的腰，從水圳下游的田梗路，走到村莊的西面地標土地公廟，再從祠堂前經過到我的家，在床邊跟阿公講講話，中午再走回二嬸婆家。

祖父身體已無病痛，只是手腳行動不便，最終安然走完人生的最後一段路。爸爸年輕時，就開始幫忙喪事抬老樹。此次祖父的告別式，依照客家禮儀，宗親會宗長們傾全力協助，很圓滿送祖父歸源。人生，從無開始，最終回到無。祖父只是回到生命的原點。面對無常到來，這是每個人的必修課，祖父在此時，以他的生命再教我們，要勇敢無懼以對！

祖父的香火籃，擺放在客廳牆角邊。祖母每天早上，柱著枴杖，彎著腰，從二嬸婆家走到香火籃前，點一炷香跟阿公講幾話，拜一下再走回去。不管晴雨天，她都想來一趟。她的臉上，沒有太多的表情，也許她的人生，已經經歷太多的事。對她來說，只能淡然以對。她的內心，必定也很平靜！

祖母，她相信祖父在另外一個世界，想知道祖父狀況？所以她請爸爸去找「通靈人士」，選擇黃道吉日，帶我們一起去「觀落陰」。小叔叔說：「人生至此，媽媽想做什麼，我們都要幫忙，況且她平常早已一無所求！」她的心願，我們全家族都一致支持她！

觀落陰當天，爸爸請通靈人士到我們家。經過一陣請神儀式後，通靈人士進入陰間找到祖父，入定讓祖父的靈魂附身成為神人。祖母迫不及待問祖父現在過的好嗎？神人回答說：「好。」這時祖母鬆了一口氣。大家接著問錢夠用嗎，住的舒適嗎……，神人回答都是沒問題，叫大家不要再掛念，一切多好。最後神人提醒祖母：「走路要拿棍子，小心大狼狗追。」我們聽了一頭霧水，怎麼提這事呢？

說巧不巧，祖母常從二嬸嬸家走路到我們家，給祖父燒香。有一次隔壁村的狗跑出來，將祖母的大腿，咬下一塊肉，害的祖母縫了好幾針，事後想起還真巧。也許冥冥之中，自有定數。此後，祖母很心安！她相信祖父在另一個地方，過的很好！

歲月不饒人！祖母晚年，她那彎成九十度的腰，帶給她極大的困擾，一動脊椎就會痛，只能躺在床上！媽媽早上起來，準備好早餐給全家吃，就匆匆忙忙趕到二嬸嬸家，幫助祖母盥洗及用餐。

腰痛到受不了，才請計程車載到醫院打止痛針。床太硬，捨不得換一張軟床。腰間的束腹帶綁太久，起疹子，也捨不得更換。她最怕要麻煩人家了！只能說，祖母又省又忍的功夫一流！

我去看望她，總是提說：「胃不好，要多買木瓜來吃。」有親戚拿木瓜來給她，就說要給我吃。我跟她說：「我的胃早已經好了！」很心酸，祖母一生勞碌命，年輕時提水種菜彎腰，在廚房料理三餐也彎腰在做。她的人生最後一段旅程，只有腰不好，其他並無病痛。

祖母走了！大姑摸著祖母靈柩說：「阿嬤，你的孫子清勝，還沒小孩，你就要當神了，就抱一個給他吧！」我在旁聽到說：「大姑，你不要再說了，不要再麻煩阿婆了，讓他好走，了無牽掛吧！」

曲終人散時，那曾發生的事，希望是夢一場。自從祖母走之後，當洗臉看見鏡中的自己，難過上心頭，無以釋懷。多年之後，當我的第一個孩子出生，才解開心中的傷痛。這是祖母在世時，曾念茲在茲的願望。對祖母的思念，我重新找到寄託的對象一我的小孩！

喜迎小寶貝

這個村莊非常重視「男大當婚，女大當嫁」這個文化習俗。只要到適婚年齡，不但父母著急，連七大姑八大姨或左鄰右舍也著急，趕著想當媒人婆。大家還有一個普遍的想法：「給認識的人介紹，才知道雙方的家庭，這樣的婚姻比較美滿！」

就像我的大姊，長年在楊明山工作，到了結婚年齡，親友幫忙找對象相親，找到合適的，爸媽趕緊催促她回家出嫁，這一件人生大事，比在外賺錢養家重要。二姊三姊及小姊姊，住在工廠宿舍，隔壁鄰居知道還沒有對象，就紛紛的介紹相親，也很順利的找到伴侶。遵循這個模式，在親朋好友的見證下，姊姊們的婚姻，個個幸福美滿！

大姊婚後，很順利喜迎二個小寶貝。先生一男，再生一女，符合二個小孩恰恰好！大姊將這二個小孩視作寶，關心他們遠甚過於自己。在她的眼中：「小孩好像永遠長不大，總是小孩，需要細心照顧。」

二姊婚後，也很順利喜迎二個小寶貝，先生一男，再生一女，在公婆眼中，給她滿分。她的公婆對寶貝金孫很滿意，疼愛倍加。當二姊生二胎時，把金孫留在身邊幫忙照顧，讓二姊可以專心回娘家做月子。對媽媽來說，面對這麼小的外孫女，一時之間還很生疏，深怕照顧不週。尤其是小寶貝要洗澡時，特別從一樓廚房燒水，再走樓梯提熱水到二樓房間內洗，避免小寶貝著涼了。

三姊婚後，順利喜迎三個小寶貝，先生一男，再生一女，再生一男。因為三姊夫是大家庭，他又是長男，所以他們被長輩要求多生一個，生三個才算剛剛好。她的公公對長孫尤其好，送他上學時，都要偷偷的塞一些零用錢，我的三姊很擔心這個寶貝會被寵壞了！

我看三姊是多慮了，大兒子天性善良乖巧，很會為人著想，難怪得到長輩疼愛！二女兒貼心，跟三姊無所不談，像極了姊妹花！寶貝的小兒子，喜歡念書，三姊很傲驕，掛在嘴邊就是鼓勵有加。他在學校有好成績，三姊不吝在姊弟間大加稱讚！三姊時常對小兒子說：「念書就要跟大舅一樣好！」其實不必這樣比，就如李白所說：「天生我材必有用」，每個小寶貝在社會上，自有他的貢獻，與會不會念書，關聯不大。

小姊姊婚後，連著喜迎二個寶貝女兒，想想這樣就好了。她的婆婆很開明，沒有硬逼他們一定要生男的。倒是爸媽非常在意，每次回娘家，都要在她的耳邊念：「你的三個姊姊，都有生一個男生，你沒有生，不怕老來後悔嗎？」小姊姊回說：「二個寶貝女兒，帶來二個女婿，女婿可以當兒子啊！」爸媽一時之間無法說服小姊姊，轉而向小姊夫稍加提醒：「有一個兒子很重要！」但小姊夫很有主見，認為養兒現今早已不能防老，要自個兒顧好為要！

年復一年，日復一日！爸媽仍然沒有忘記，提醒小姊姊再生一個男的！多年之後，小姊姊終於同意再生一胎，不管是男是女都好！羊喜窩山下有註生宮，遠近馳名，很多人大老遠都過來，祈求能生男育女。小姊姊回娘家，媽媽提醒她去燒香，祈求註生娘娘保佑。廟裏的門柱上，「註」「生」二字開頭的對聯：「註定人間男女休忘多積善，生存世上夫妻不負早修行。」

小姊姊心腸好，很快就有了第三個小寶貝，如預期的是男的！這個小兒子，前面有二個姊姊可以陪他玩，又有這麼疼愛他的媽，想買什麼，或想做什麼，都全力支持他，真真是心肝寶貝！

輪到我也到適婚年齡了！一時之間沒有對象，二嬸嬸常當媒人婆，已經撮合好幾對，所以急忙幫我安排相親。她住在隔壁村，多年前曾有一面之雅。那是在唸高中時，回家在客運車上睡覺，醒來時趕緊拉車鈴，沒想到未到羊喜窩站，在長安站就下車了。那次從長安走路回家就遇見她，聊起我們都唸湖口國中……。

二嬸嬸很熱心的幫忙介紹，自己的同學也來摻一腳辦聯誼活動，所以很快我也結婚了。婚後，卻沒有姊姊們那麼幸運，一直沒有小孩。祖母非常疼愛我，晚年因為腰挺不起來，必需躺在床上，讓人看了很心疼。每次去看他，都會很關心我們：「什麼時候有小孩？」我們每次都回答說：「再等等吧，我們已經

喜迎小寶貝

再努力了。」歲月不饒人，還沒等到小寶貝的到來，祖母就走了。

爸媽就叫我們有時間就去拜一拜註生娘娘，希望像小姊姊一樣，很快也會有自己的小孩。過一年之後，在大家深深的期待與盼望之下，我們終於有了。小寶貝的到來，讓我的人生變的很喜悅。

為了迎接第一個小寶貝，我們準備東，準備西，擔心來，擔心去，好興奮又好緊張。懷孕期間，「把耳朵貼在良妻肚子，聽小寶貝的心跳聲。」讓小寶貝聽古典音樂，這樣「比較會有氣質，音感比較好」。時常對小寶貝說：「我愛你」，良妻說「小寶貝可以感應到」哦。

小寶貝出生那一刻，良妻打電話給我說：「好像羊水破了，感覺要生了。」情況很緊急！只好請隔壁鄰居小秀玲開車載到醫院。一切很順利，小寶貝平安生下來了！我心蹦蹦跳的趕過去，第一眼看到小寶貝，笑著說「鼻子長跟良妻很像，是同一個模子印出來的」。良妻會心一笑。還有額頭特別突出，很像小寶貝的外公。外公看見笑著說：「像屋簷一般，可以拿來遮雨」。

在同一年，我的弟弟也迎來第一個小寶貝！剛好千禧龍年，除了大姊屬龍之外，我們家多了兩條龍！這一對龍寶寶，頭頂上有三簇頭髮，前面一簇，旁邊有二簇，像極了古時小嬰兒「足爽」寶寶的樣子。

有了足爽寶寶帶好運，我的弟弟在先，很快又生一個小寶貝，隨後我也迎來小樂樂。

小樂樂，他是一個小男孩，有著四四方方的臉蛋，大大的眼睛。因為長的太英俊，我常開他玩笑說：「不要年紀輕輕，就會勾引小女生。」小樂樂是我們家的開心果，常有一些不可思議的動作，帶來一堆笑料。譬如說吃藥，要求花樣多了。先要拿刀子來，切成四半，這樣說會比較好吞下去。接著臉上露出痛苦的表情，哀求不要吃，或吃一半可以嗎。叫我們去拿準備糖果，待會自己吃。折騰很久，最後他說：「藥我已吃好了，不用再餵我了，沒了」。

有一次家裏大掃除，移動客廳的餐桌，赫然發現「餐桌底下一大堆藥丸子」，好驚訝！怎麼會出現這些藥丸子呢？追問之下，原來是小樂樂的傑作，大家哈哈大笑。沒有想到他會使用這一招，趁我們沒注意，將藥丸子往桌底下丟，真是一個鬼靈精，讓人無法恭維。

過年的時候，姊姊們初二回娘家，加上我和弟弟的四個小寶貝，可以組成一個幼稚園大班。在禾埕上，拉群組小圈圈，互相打　追趕，熱鬧哄哄。爸媽雖然升格成為阿公阿婆及外公外婆，但仍然不改以前習慣，在旁邊呼喊著：「某某孫子，要小心，不要跌倒了。」他們就是這樣，總是擔心小孩子的安全。

這時也傳來鄰家小孩的嘻鬧聲！原來是小時候一起打彈珠的玩伴，他們的小寶貝在鬧啊！看見這一群的新生命，那麼的快樂活潑，這是羊喜村莊最美的風景！

散步慢活

媽媽是很純樸的農家婦女，不喜歡出外旅行。她的最愛就是早起散步，優閒的走一大圈。簡單的散步，讓媽媽感到心安，就像日出日落一樣，同樣的步伐，同樣的路程，始終不變。時間一到就會看見她，她成了這個村莊的報時員。她的房間門口牆壁上，懸掛一個深黑色木質的長方形擺鐘。鐘錘一搖一擺，規律的節奏，移動著時間的腳步。當它發出清脆響亮的噹～噹～噹～五次聲響後，媽媽就準時起床。走到廚房，打開金桔仔罐，用一隻湯匙舀起幾粒金桔仔，配上溫開水暖暖肚子，準備出門。媽媽沒有刻意打扮，寬鬆的短袖及長褲，外加一雙簡易的布鞋就夠了。清晨涼爽，頂多需再加一件薄外套保暖。

門口準備一支約一公尺長的竹棍，帶著可以防身之用，沿途嚇一嚇隔壁村的看門狗，也可當助行棍。清晨的鄉村，涼爽而宜人，讓人感受很舒服，肯定也會遇到一些熟悉的面孔。

家門口是湖中路，走出去不管是向右或向左都不打緊，反正散步就是一個簡單的動作，讓身心得到放鬆與自由。

出家門口向右走，看見沿著湖中路旁的菜畦。媽媽很開心的邊走邊看著她種的菜：「高麗菜、長條豆、茄子、絲瓜……」，像是閱兵般的視察菜況。假如發現一條絲瓜不翼而飛，他會停下腳步，端視一番確定沒看走眼。媽媽心裏有數，這麼靚的菜在路旁惹人愛，一些外地來的移工路過這邊，難免會想嚐看看。媽媽說：「人家從老遠來到這邊，生活過的緊，自家菜又很足，就算是送人家吧！」

長長的菜畦旁，有一條平行的小水圳，可以取水澆菜。小水圳旁的田地，土地的主人長年住在台北，辦理休耕已有很長的時間。因為土地閒置已久，滿田的樹木雜草，長的好幾層樓高。爸爸利用空閒的時間，沿著水圳旁整出些許空地，種植竹筍。遠處是一片雜草叢生的灌木叢林，邊緣卻有整齊排列的竹筍林。媽媽眼尖，偶爾會發現剛蹦出芽的嫩竹，通知爸爸採收。

再往前就到台一線的馬路，這是湖中路與台一線交叉的十字路口，對面正好是祝生宮。我對這個十字路口印象很深刻，這是小時拿黃梔過馬路被撞之處。在十字路口前左轉，有一條產業道路。在這轉角，有一戶人家是我的小阿姨兒子的家，再往前不遠處，就是金城叔的家。金城叔的良妻在工廠上班，早上沒輪班時，會準時走到這轉角處與媽媽相會，成為散步的夥伴。

媽媽走這一條產業道路，每隔一段距離，會有一大叢綠油油的芒草，生氣盎然。之前住在紅磚瓦房時，家裏有一頭牛，爸爸就時常來這裡，割一些嫩綠的芒草當飼料。面對這些芒草，媽媽總是會想起那一頭牛：「現在若牽牛來吃，肯定拉不走了，牠會慢條斯理地吃到滿意為止！」。

現在家裡沒養牛了，這裡的芒草，過一陣子會長大開花，路旁的風景，另有一番風味！芒草的花穗先露出紅褐色，靠近聞有清香味。花穗漸漸變為金黃色，最後如棉絮般的銀白色。當白茫茫的花穗，在風中翻滾，棉絮隨風飛舞時，媽媽回家會說：「芒草棉絮脫落了，可採收乾的芒草枝！」。此時爸爸會散步到這一條產業道路，先到金城叔家聊天，回程時收集這些芒草枝，在禾埕曝曬幾天，然後坐在家後院的朴樹底下，慢慢地編織掃把。

鄉村的道路，到處有分岔路，錯過了這個路口左轉彎，可以在下一個分岔路轉。沿途除了芒草，農田之外，還有張家村，盧家村……及家門口隔著湖中路相對的周家。周家的狗三、四隻以上，經過時免不了汪汪叫！媽媽拿出竹棍，嚇嚇牠們就沒事了！聽到狗狗叫幾聲，然後停止不叫，周家的主人知道媽媽在旁經過，以及現在大約的時間。不管鄉間小路多彎彎曲曲，媽媽很熟悉地拐幾個彎，就繞回到周家旁的小路回到家。

媽媽散步，偶爾踏出家門會想往左邊走，因為可以遇見不同的風景。沿著湖中路旁有長長的一列防風竹林，正好擋住冬天迎面而來的冬北季風，而防風林裏面就是叔叔伯伯的稻田。沿途看這些防風林的外貌，就可以分辨是哪個伯公家族的田地。

大伯公喜歡大勒竹當防風林，疏疏的大勒竹，田裡的空能夠流通，稻子在熱天氣不會特別悶熱。二伯公偏愛長枝竹當防風林，密密的長枝竹，擋住較多的風，稻子在冷天氣能夠受到更多的保護。長輩們真有趣，怎麼講都覺得自己的防風林好。三伯公及小伯公看見了，乾脆大勒竹和長枝竹混著種植，這樣透氣也防風！

防風林的第一個路口，是通往我們村莊北邊的一條小徑，這裡種植的是長枝竹。隔壁的叔叔伯伯們，會從這一條小徑騎著腳踏車四處晃晃，除了享受清晨的涼風，也順道巡看田水。盧家村的小孩，也會騎著腳踏車從周家旁小徑出來，在這個路口集合一起到湖口國中上學。媽媽散步時間，到這裡正好會遇見他們，停下腳步，含喧一番互道早安！在這個路口，媽媽像一個無形的計時器，把大家綁在一起。

往前走到防風林的第二個路口，通往娘增叔的家，沿路仍是種植長枝竹。我們從紅磚瓦房搬到路邊人家，娘增叔也在緊鄰湖中路旁的田地，蓋起新家。娘增嫂清晨在家門口伸展筋骨，看到媽媽每天都繞著村莊走一大圈，腿力如此好，常豎起大姆指按讚！

防風林的第三個路口是我們家的田，這裏是長枝竹和大勒竹混雜的竹林。爸爸常到這裡抽大勒竹，當菜園瓜架，或將乾燥已無生長的竹子，砍回家當柴火。媽媽散步經過這裡，往田裡的方向望去，查看稻田的情況。若看見成群結隊的麻雀，在稻田中央大快朵頤，媽媽會喝～喝～喝～幾聲，想嚇唬麻雀！不過很難奏效，媽媽前腳一離開，麻雀就飛回來了！只好提醒爸爸，再多豎立幾個稻草人。

防風林的最後一個路口是通往大伯公家族的田地，此處種植大勒竹。比起長枝竹，大勒竹粗壯而高聳，清晨微風吹過，就會聽到竹子拔節的清脆聲。過了防風林，接著看見一排的朱槿花，這是路旁這戶人家的圍籬。好熟悉的朱槿花，總是敞開大紅花朵迎人，它曾出現在青瓦房屋門前，也出現在三合院祥增叔家的菜園，是童年最親切的回憶！

從這戶人家路口往左轉，就是一條通往台一線的產業道路。產業道路的右邊有一個二個足球場大的埤塘，這裡地形低，埤塘可以承接村莊旁的小埤塘灌溉農田後的餘水，讓水資源再次重複利用，這個大埤塘下游還有更多的小埤塘。在鄉村到處可見順著自然環境的坡度，上流下接的埤塘，以解決灌溉水源不足問題。

產業道路的左邊是一片稻田。這裡有幾許田地，我們家稱它為「新田」，因為是爸爸新買的田。走路到新田邊，太陽剛從遠方的羊喜窩山頭升起，光線於雲層之間若隱若現的趕跑霧氣，田間瀰漫著一股清新的氣息。媽媽瞇著眼往村莊方向望去，階梯式的棋盤狀農田，盡頭最高之處就是我們的村莊。

一層一疊的農田映入眼簾，隨季節變換畫面。當稻子初長成，綠油油的稻田，與蔚藍的天空，交織成一幅欣欣向榮的景色。等到稻穗成熟，田裡別有一番新風貌。金黃色的稻浪，讓畫面呈現成熟穩重的樣貌。媽媽說：「那需要去旅行，家旁邊就是自然的風景」。

媽媽選擇從新田旁的田埂路走回家，此岔路正好通往村莊的地標—土地公廟。田埂路旁有大大小小的青蛙，呱呱呱叫。媽媽一靠近，紛紛地往兩旁的田裡跳，驚動了水稻下密密麻麻的小蝌蚪。只見一群小逗點，各自甩著長長的尾巴，快速地四處逃竄。

田埂上清涼的露水，躲藏在草叢間，無意間沾濕鞋子和褲腳。稻葉上的露珠，晶瑩剔透，隨風在晨曦中飄盪。遠處傳來一陣陣娑娑的聲音，好像微風輕撫著大地，讓人感覺那樣的柔和，那樣的舒服！

媽媽慢慢走到土地公廟，此刻已是清晨六點半，村莊的鄰居看見她，常誇媽媽說：「好準時出現在這裡！」在村莊清醒前，媽媽已經散步繞一大圈路回來了。每一天都堅持且持續的做，不但得到肯定，而且有所獲。

在散步中，隨著自己的步伐，慢慢的走，是很輕鬆的微運動。媽媽腿力好，早晨曬曬太陽，還能有意外收獲，能夠預防骨質疏鬆。在熟悉的路上，你不用花太多的心思去想該如何走。在不慌不忙的步調中，體會一步一步走出的慢生活樂趣。慢慢的呼吸新鮮的空氣！

生活在現代社會，凡是追求速度與效率，往往忽略了身邊最簡單的美好：人與人的互動，以及人與自然的和諧共處。散步，讓人與人的關係親近許多，可以隨意打招呼、交談。

從媽媽的身上，讓我學到簡單的散步與堅持這項好習慣，就能享受到生命中一點一滴的美好，不管是身體或是心靈，都有極大的獲益。

高鐵來了

配合農業發展的需求，耕地的重畫，讓村莊外貌有了很大的改變。波羅汶溪邊的農地，因為易遭受河水沖刷，溪邊築起堤岸。河川邊的菜園成了堤岸用地。為了水流順暢，溪壩用挖土機剷平。灌溉水源由溪水轉換成石門大圳提供，村莊前的水圳路填平當路。而土地公廟旁的池塘，也因為不需要蓄水功能，填滿土後當農田使用。

村莊週圍畸零細碎的農地，經過合併後形狀方整，引進機械化的耕作，以提高生產效率，降低對人力的需求。純粹以務農為主的生活，辛苦且收入不豐厚。所以隔壁的鄰居紛紛到附近城鎮，從事餐飲業、中藥行、機械模具生產、美髮行或到鐵路局上班等。

留在村莊附近的人家，為了追求更好的居住環境，也紛紛蓋新家。我的爸爸緊鄰村莊的外圍，靠近馬路的土地上蓋起了新家。二叔則搬在水圳下游，在大埤塘旁建造了新家。其他房的二位伯叔，也依這樣的模式，在自家田蓋房。

整個村莊，有著人去樓空的感覺。房屋太久沒人住，欠人氣沒修繕，很容易壞，尤其是祖父當年住的青瓦房泥土牆身，禁不起常年風雨的摧殘而傾倒。一片落寞蕭條的景象，唯獨京兆堂仍持續的保修，早晚香火不間斷。

當年祖父在兄弟分家前，特別留一塊離村莊最近的田地給爸爸。祖父說：「這塊田的收入是作為祠堂的香油錢來源，我們這房要世代相傳下去！」因此，爸爸就把家蓋在這塊田地上。

清晨，爸爸起床後，第一件事情就是去祠堂開門燒香。傍晚時分，再去燒一次香，順便把門關上。若爸爸忙，則是媽媽或是小孩代勞。初一，十五早上除了燒香外，爸爸還擦拭神桌，清洗茶杯及奉上熱茶。每月初一中午，爸媽還準備豐盛的食物，在祠堂拜明爺。

供奉祠堂有四大房，一年輪流一次，負責燒香及拜明爺。每年在除夕夜拜阿公婆結束後，交接祠堂香火的工作，成為祠堂的傳統。有一年輪值到在新湖口街上開美髮行的茂鑑大哥，因為生意很好離不開店，早晚燒香須舟車勞頓。因此，就想雇請爸爸幫忙，早晚祠堂的燒香工作。爸爸了解後，也欣然答應！爸爸說：「阿公婆，總不能被丟掉，香火總要有人點」。茂鑑大哥回說：「石順叔肯幫忙，做事我安心！」

村莊的位置距離台一線近，交通方便。且土地屬於建築用地，不需變更地目，就可以蓋新式的住宅。因此有建商看中此塊地，有意在原地規劃成莊園別墅區。祖厝的產權，是全家族共同持分，需要經過全體成員的同意，才能委託建商改建。因為家族成員在各地，很難聚集在一起，此構想只得等到年三十除夕，家族成員到齊，到京兆堂拜阿公婆才提出來商議。

對於老房屋，大家都有一份記憶捨不得，想保留下來。可是年輕的一輩，也不可能再回來住。同意改建，並覓地重建祠堂的意見，佔了大多數。在街上從事美髮工作的茂鑑大哥，很熱心的帶頭，找大家蓋章同意。

茂鑑大哥講話中氣十足，很受宗族成員信服，且做事很有條理。先安排了地籍的重測及產權的細部分割，再請建商提出完成後，地上物產權的分配。召開了幾次的協調會，擬訂出大家可接受的分配方式，圓滿的達成共識，宗族成員並沒有發生紛爭，實屬不易。眼見一個改頭換面的村莊即將出現，改變已是必然，只能有期待而不敢多想。

有一天，在家聽見屋外的狗狗汪汪叫！走近細看，一個人拿著三腳架，瞇著眼瞧架上的水平儀器，遠處另一個同伴拿著長的標尺，原來是土地測量員。打聽之下，政府要規畫南北縱貫的高速鐵路，他們正在沿線做地籍丈量，現在還不確定最終路線。建商聽見這消息，村莊的改建計畫瞬間喊停，等到高鐵路線圖確定再說吧。

剛開始有傳出風聲，高鐵路線要選在水圳的下游，靠近大埤塘附近通過。但是經過地質鑽探，那邊附近土壤性質，並不太適合施做高鐵橋墩，故路線需要重新評估。

幾次的會勘丈量，牽動大家的神經，路線越來越接近村莊。另人很驚訝的事，最後敲定路線，正好從村莊的中心通過。村莊被高鐵分成兩部分，高鐵只徵收路線兩旁預定寬度土地。我們的家，長方形的格局剛好與高鐵平行，相距約二十公尺。家不在徵收範圍之內，僅左邊的禾埕有一部分被徵收。

對於高鐵局的安排，大家也只好接受。村莊的改建計畫，如泡影般的結束了，誰還想在高鐵旁蓋房呢？唯一值得慶幸之事，前陣子祖厝產權的重新畫分，沒有做白工，讓高鐵用地徵收補償分配，沒有爭議。

祠堂搬遷到靠近溪邊，臨時搭建的鐵皮屋，等待高鐵工程完工後，在擇地重建。我們的老家磚瓦房，仍有一些農具。因此，家的右邊搭建鐵皮屋安置這些農具。村莊周邊的竹林，爸爸砍來當作柴火，二棵朴樹，也沒有留下，僅留新家後面的一排竹子。

怪手來了，舊祠堂，圍牆及老房屋，很快被夷為平地，一輛輛卡車將磚頭碎石等載走，空蕩蕩的一片，真乾淨！只留下路邊人家，土地公廟及旁邊的小菜園，還有一間小房子。

從北到南，一座座斗大的橋墩平地而起，約與新家的二樓同高。跨越波羅汶溪的橋墩是特大號，站在橋墩旁，感覺到人顯的很渺小。眼前的景象，變化太大了。兩岸的水泥堤岸，讓這波羅汶溪不再那麼的親切。看見到水壩下露出的石頭，也沒辦法蹲在上面，看底下是否還有大蝦公。

我們家成為高鐵的鄰居，清晨五點多，隆隆隆的呼嘯聲，成為早晨的起床號。因為竹林地變少，麻雀早已不會出現在窗邊啄啊啄！爬到二樓頂，當列車疾駛從身旁經過，可感受到一陣颳起的強風，緊接著一股的震動。每座橋墩大而密，高架路面正好遮住西下的太陽。我們家西側牆壁，每到傍晚時分，反而涼爽甚多。

我們家的狗狗很高興。因為家門口緊鄰馬路車輛多，為了狗狗的安全，狗狗用鐵鏈綁住，活動空間有限。高鐵底下的橋墩用鐵絲網圍起來，避免閒人進入。正好成為狗狗放風的地方，在鐵絲網內，牠可以任意的飛奔。

在土地公廟旁的菜園，緊鄰高鐵重新蓋起了二層樓高，四面方正的祠堂。祠堂的正門，仍然面向波羅汶溪，四周種植龍柏樹。走進一樓，偌大的空間，與老家祠堂的面積幾乎一樣，牆上掛回曾祖父，曾祖母的畫像。走到二樓，擺設如老家的祠堂。正廳的供桌，中間是佛祖的牌位，右邊是觀音娘，左邊是祖宗牌位。回到往常的景象，爸媽早晚來到此地燒香，年節時，宗親到此來拜阿公婆。

新式樓房的祠堂，少了一點傳統廟堂的感覺。但是內部簡單的擺設，確可讓人回到那熟悉的畫面。祠堂是與祖先對話的地方，大多的時間，祠堂是冷清的，沒人會無緣無故出現在這裏。一旦來到這裏，不變的儀式，讓人感覺寧靜、很安全。祠堂，就是有這一股安定的力量。

家門口的馬路，車輛往來越加頻繁。馬路要擴寬了，門前竹林及禾埕被徵收。完成後，一出門，就是馬路，真的是路邊人家。沒有禾埕，因此家左邊田地，鋪上水泥，當作新的禾埕。爸媽的八十一歲生日，我們在這搭棚辦桌，拍照留念，還特別製作全家福的相冊。

家的左邊牆壁，釘上一個圓形的籃球鐵框，假日時休閒活動可以就近打籃球。不小心籃球會彈回，越過高鐵圍欄的鐵絲網，大費周章撿拾回來。家右邊的鐵皮屋，原本是擺放農具。農業的機械化，一些農具漸不需要了，騰出來的空間，在年節時可以擺上四、五張桌宴客。餐後，四位姊夫剛好湊一張桌，玩起麻將。

一家人安穩過幾年的生活，但又迎來另一番的改變。高鐵沿線，從北到南要開闢新的馬路。這次的徵收，不但是我的家，連新建的祠堂也波及，全部在徵收之列。

爸爸又重新忙了起來，在新田申請建築執照蓋新家。祠堂也要移到溪邊的鐵皮屋暫放。此時，宗親會在新豐，正規畫新建容納更多家族宗親的大祠堂。

物換星移，滄海桑田。隨著家族人口的遷移往外發展，以及河川地的整治，農地的重劃，以及高速鐵路的經過。我們家是這個村莊最後一戶居民。搬遷後，一切隨風而過！

一百多年，我們的曾祖父，從無到有，在這裏建立的家園。時代的巨輪向前滾動，從有到無，又回到原來的樣子。在過一些年，沒有人會知道這裏曾經有一個村莊！

田中之家

由於高鐵的興建及沿線馬路拓寬，我們的房子要被徵收了，因此爸媽跟弟弟覓地蓋新家。幾經打量下，決定選址在自家的新田。新家的位置在村莊下游的大埤塘附近，蓋在田的中央。家門口就是媽媽散步時，從大埤塘走到土地公廟的田埂路。

爸爸感嘆說：「年輕時，從青瓦房搬到紅磚瓦房。中年時，從紅磚瓦房搬到路邊人家。到了老年，還要從路邊人家搬到田中之家。」小姊夫聽到笑著說：「你煩惱什麼，一直有新家好住，不是很好嗎？」對啊，爸爸現在蓋新家，只要當監工就可以了。不必像以前那麼勞碌命，要出工！烈日下挑著笨重的水泥，一晃一晃在樓層夾板上行走。

從新家的規畫開始，爸爸將重要事情決定權交給弟弟。譬如選定地基位置、佔地面積及格局等。新家準備蓋成田字形，比起之前長方形，需要一條長長走道，空間能更加有效運用，方便生活互相照應。位置選在田的中央，四週都是空曠的農田，而且地點遠離高鐵路。可以期待新家空氣流通，日照充足。不管白天或夜晚，只有聽到青蛙及蟲鳴，而無高鐵呼嘯而過的吵雜聲。

拜建屋技術進步，木工、水泥及水電工程，全交給外包團隊打理，幾乎不必操心。爸爸下田工作之餘，不忘到工地去看施工情況。因為打赤腳進工地，不慎割傷　趾頭，讓監工不好意思說：「品質交給我，請你放心！」工頭知道爸爸年輕時，從事這一行工作，也知道爸爸在意細節，一點也不敢馬虎，不然被爸爸看到不滿意之處，準會唸幾句。

新家選定上樑之日，爸爸之前都會拿著通書，「給阿叔挑日子！」現在只好到池府王爺廟，請王爺作主，挑個好日子。上樑之日，早上煮甜湯圓，先向土地伯公稟告，祈求平安。爸媽不忘通知我下班後，繞道回家吃紅湯圓。

工程進行順利，不到半年時間，新家兩層半樓的主體架構都成形了。我放假日站在二樓，視野確實很寬闊。往羊喜窩山方向望去，二叔家就在左前方不遠處。想起小時二叔叔蓋新家的畫面，除了有一個吊磚架從二樓垂到一樓，還有一條長長的木板，從平地架到二樓。小孩子可以賺工錢，搬磚頭上樓。記得二嬸嬸說：「搬一個磚頭一角錢，很好賺！」我還留有走在那一塊木板的感覺，如鬆鬆的彈簧上下振。走到中間，　向下蹲一下，整條木板自動上下振幾回，很刺激好玩。

新居要貼地磚了。我們家族有高手，具有三十多年的工程經驗。三姊夫從事磁磚業，對於舖地磚特別在行，工程一年四季接不完，很少放假休息。此次新家要舖地磚，二話不說要排開其他工期，先幫岳父大人。三姊姊建議新家的地磚：「要大塊而四方，這樣才會顯得有大氣！」又說：「要選淡淡的紅色，這樣最耐看！由地而起，讓家天天充滿淡定的喜氣！」好一個眼光，令我輩中人大開眼界！

鋪地磚，是一門慢工粗細活的生意。三姊姊很熱心的分享經驗說：「關鍵在於地磚間的縫隙。」太窄，熱脹冷縮，地磚會翹起。太寬，藏灰塵垃圾，主人日久必定會埋怨。依地磚面積，寬窄有尺寸可依循，但經驗很重要。看見她在地磚縫隙的水泥未乾前，用抹布沾清水，慢條斯理的抹一遍，為的是磁磚和水泥銜接更密合。我看出三姊夫「為何工程多到接不完了！」給三姊夫鋪地磚，我們家很安心！

新居落成了，路邊人家要搬新家了。大姊夫離我們家最近，他又很懂水電這一行，一大早就來拆電燈，電扇及冷氣機等。姊姊們幫媽媽清理廚具，將鍋碗瓢盆在後院洗乾淨，搬到禾埕曬乾。二姊夫幫忙爸爸拆床鋪，傢俱等。三姊夫開著他載磁磚的大卡車，全家大老遠趕來幫忙。還有一輛小姊夫工廠的小貨車，也加入搬家行列。搬新家，讓整個家族，大大小小全出動了！

爸爸在房間翻箱倒櫃，從櫥櫃最深層隱密的位置，搜出一件泛黃的文件。那是十行紙大小的信紙，在折頁處，還蓋了很多印章。這文件，深深引起我的好奇心！一眼瞄過去，字跡看似潦草卻下筆有力，再仔細端看一番，不難分辨出字意。趕快請爸爸給我看看，到底寫些什麼？

原來是當年爸爸三兄弟分家的協議。我的祖父，很有學問哦！整篇文章井然有序，敘事條理分明。開宗明義就寫道：「兄弟長大了，必須獨立生活。為了公平起見，家產用抓鬮拈定，不論多寡，俱各甘心愿意，各不得異議。」

接下來，條目分明的一一列舉細節。舉凡祖堂塔燒香點油之費用、各人取得之田地號，父母兩親健在堂中每年福食穀及所有莊稼的歸屬，均詳細的列出。在結尾之處，簡單扼要，祖父卻點出了關鍵的話語：「兄弟本是同根生，現在各自分家打拼，但有事應互相照應，凡事也不要太計較。」

搬新家如獲至寶，意外收到這份穿越時空的訊息，雀躍不已！看著這塵封已久的信件，它是那麼的遙遠，又是那麼的靠近。遙遠的是「時空的距離」，近的是「眼前的叮嚀」。我在想，那時候祖父寫下這些字，當下的心境是如何呢？行雲流水般的字跡，想必很自然！他的心，那一刻應該很平靜！在平靜中，祖父點出人性最重要的兩面向。人性之善，念念不忘「本是同根生」，也看出人性的不完美「愛計較」，所以「凡事不要太計較。」

祖父的智慧，為下一代指引方向。爸爸及二叔，從事務農的工作互相幫忙，而小叔出外闖盪，時常回來維繫感情。家族中共同的事務，如京兆堂、祖塔燒香、及政府興建高鐵拆遷京兆堂等，在互相協調下，均取得共識。京兆堂內有句話「祖德留芳」，說明祖父的德行，給後代立下好榜樣。爸爸年輕時，「事事問阿叔」，學得好榜樣。耕田，又做水泥工，努力打拼買了新田，現在我和弟弟受惠，有了田中之家。

爸爸好客，入新居當然要辦桌宴請親朋好友，尤其是答謝姊姊和姊夫們，在假日還出力搬家。親戚們都到了，連村莊以前的老鄰居，不管現在搬到何方，也來祝賀，讓新家充滿人氣。新家在田中央，在門前的禾埕辦桌宴客，門口是一條通往土地公廟的田埂路。大人敬酒聲在禾埕此起彼落，小孩在田埂路上跑鬧嬉戲，互相追逐。天上朵朵白雲相伴，這是人間最美好的一刻。

京兆堂搬新家，也蓋在田中央！選址在新豐地區，結合各地宗親的力量，蓋了氣派非凡的大祠堂。最令人欣慰的一件事，未出嫁的阿香姊，新祠堂廣開大門，建立姑娘牌位，得以入嗣。聽到這訊息，一陣暖流在心頭，感動到無法言語。老祖宗有不可入宗祠的觀念，竟然可改變！年輕一代的宗長，體察到當事者心中深藏不敢言，卻念茲在茲的願望！仰望天空，跟天上的阿香姊說：「恭喜妳，妳也住新家，搬進了京兆堂！」

爸媽和弟弟全家，搬進田中之家。田字形的格局，改變了生活樣貌。客廳在前，廚房在後。另一邊是孝親房在前，儲藏室在後。平常全家在客廳聊天，廚房有動靜馬上知道，該去支援的，一二步就到，家庭成員間，關係更緊密！

因為看見彼此的辛苦，所以更親！

孝親房給爸媽當起居房間，爸媽不管走到客廳，廚房或禾埕散步都方便，是最合適的安排。儲藏室的功用更大，當庫房使用。家非常需要一個固定空間，擺放開門八件事，這樣物有定位，整齊有序！除此之外，在後院加蓋鐵皮屋擺放農具，前院禾埕加蓋遮雨棚。早晨坐在遮雨棚下，看著遠方羊喜窩山上的日出，此時麻雀和燕子來作客，吱吱喳喳在遮雨棚下忙著築巢，遠方傳來公雞的伴奏聲。傍晚在大埤塘方向，欣賞日落的美景，天邊是飛機起降桃園機場必經航路。

三姊在門前栽種一棵玉蘭花，弟弟在四週種植桂花，無論何時，家門口總是香氣迎人！門前的田埂路，只

直通土地公廟，平常時間沒有車經過此條路。不管是爸媽或小孩，可以自由自在的在這散步或追逐。

門前也養一條狗狗，牠是我們家安全的守護者，小孩子們喜歡逗著牠玩。主人好客和善，狗狗也知道這習慣，所以牠不會凶巴巴的汪汪叫！

新家四週都是農田，自然是空氣清新，眼前盡是綠油油的田園風光。遠望羊喜窩山上，當太陽升起的那一刻，馬上可以感受到太陽的溫暖。傍晚在禾埕乘涼，欣賞夕陽在大埤塘方向落下，將天空染成五光十色。夜幕低垂時，迎來青蛙呱呱呱的叫聲相伴。

田中之家，世間難尋如此美好的居住環境！

幾許菜畦

媽媽的生活，除了早起散步的習慣之外，還經營一個「大」菜園。說其「大」，是因為種的菜很多，由一塊塊地拼接而成的大面積菜園。她努力耕種，獲得大地賜予的食物。東一塊，西一塊的菜畦，而且越種植，菜畦的地盤越擴大。從小就看著她一天若不去菜園，就渾身不對勁，會一直掛念莊稼作物。她以菜畦為重心，樂在勞動，並享受其中。

青瓦房屋前的波羅汶溪邊，那個像蕃薯的菜園，是媽媽與祖母、二嬸嬸經營的第一個菜園。遠看密密麻麻的菜畦，沒有劃分界線，只有媽媽和二嬸嬸能夠分辨那一塊菜畦是自己的。爸爸幫忙倒竹搭瓜架，並在水圳上游開個小閘門，放水來灌溉菜園。菜園有空心菜、茄子、青江菜、地瓜葉、甘藍菜，除了自給之外，祖母挑菜在老湖口街上去賣。

有一年颱風，雨下特別大，羊喜窩山上滾滾的黃泥巴水，來得又急又快，菜園的菜全部被泥沙淹沒，瓜架也全被水沖倒了。大雨過後，媽媽去巡視菜園，辛勤化成了泡沒。這一次大水特別的嚴重，沖壞了河邊的土堤，連在土地公附近的農田，也被削去一大塊。因此波羅汶溪河川，啟動整治工程，將溪流面寬加大，兩岸用水泥築起了堤防。堤防邊緣零地，只可以種幾株的冬瓜。有些菜，只好改種在洋菇寮旁的水圳邊！

那一年，洋菇寮不明原因發生火災，付之一炬。大火過後，稻草灰與泥土混合，地質很肥沃，適宜當菜園。這塊洋菇寮用地，是完整的長方形。爸爸牽著牛，用犁把整地，將菜園犁成一列列長長的菜畦，這是媽媽種植面積最大的菜園。

因為媽媽沒在賣菜，所以這一片菜園僅種植一點生活所需的蔬菜，大部分種植地瓜。種地瓜有多重用途，可摘嫩葉當菜食用，老梗老葉可以當豬菜，莖的底部還有地瓜可收成。家裏養豬，這個菜園提供大量的豬菜當作豬三餐的飼料。石門大圳建成後，村莊四週的農地改成水稻田，這塊菜園也成為綠油油的水稻田。

紅磚瓦房不敷使用，爸爸就在這一片水稻田蓋起新家，我們成為湖中路旁的路邊人家。爸媽動腦筋尋覓菜園，看中從出家門右轉湖中路兩旁的畸零地。路兩旁的畸零地，都有水圳經過，當菜畦澆水方便。

雖然不足一米寬，上面長滿雜草土地貧瘠，但是爸媽有他們的妙方。

爸爸說：「這麼瘦的地，怎麼種菜呢？」媽媽回說：「用鋤頭翻土，清除雜草，整出一畦地，然後再想辦法吧！」爸媽一鋤一翻的耙平整地，過不久，長長的菜畦成形了。為了改變土質，爸爸到隔壁村的養豬場去取好料。我聽到後，不禁唔起了鼻子！媽媽笑著說：「你不知道，很肥的，不能放太多，比化學肥料還好！」我說：「哦，這就是天然的有機肥料！」

接著，爸爸將田梗旁的防風林砍來的長枝竹，搭成半圓拱形的竹架種絲瓜。傍晚時分，媽媽手拿著綁著水勺的長竹竿，從旁邊的小水圳取水，一瓢瓢的灌飽瓜苗。瓜苗不僅得天獨厚，可生長在水圳旁，還有從養豬場取得的好料，因此結的絲瓜又嫩又漂亮。美中不足之處，種在馬路旁太顯眼，偶爾會不翼而飛。

媽媽說：「今天發現有一條絲瓜不見了，昨天我還在打量著的呢。」我回說：「你種的絲瓜很靚，路過的人可沒給你客氣，看到很難不先下手啊，反正我們家又吃不完！」媽媽說：「也沒什麼，只是心疼而已！」

對啊，媽媽時常將吃不完的菜，分送給附近的鄰居，一位在保險公司工作的阿姨常說：「很不好意思，常吃你媽媽種的菜！」我說：「我也是一樣，媽媽準備大包小包給我，這些絲瓜、玉米、蕃茄，小黃瓜等，都是我家餐桌上的好食材。」

成為田中之家後，村莊舊址沿著高鐵，靠近土地公廟的這邊路旁，多了一些空地。這原是舊祠堂所在，現在只留下一些水泥和磚塊。旁邊有水圳，原是村莊北面的水路。高鐵馬路施工時，埋涵管將水流續引過來，通往土地公廟旁，灌溉下游農田。用水來源無虞，連搬到新湖口街上的家增叔嫂也被吸引回來，想在水圳邊種菜。

在這片荒蕪的土地，爸媽有時間就這邊鋤一下，種一顆南瓜。那邊挖一下，種一顆冬瓜苗……。不久之後，藤蔓爬滿了地面，每天給它澆水，不時添加天然的有機肥料。蜜蜂也來了，幫忙傳遞花粉，慢慢的結出小果實，成果慢慢的顯現出來。

採收時，看到爸媽很有成就感，但是我心裏知道，他們更享受的是，種菜的過程。每次我到菜園逛，他們都要翻開葉子，告訴我這裡有大南瓜，那邊有剛長出來的小冬瓜……。

媽媽聊起自家菜園，總是有講不完的話題。「夏天太陽大，地瓜葉子下面，發現一大堆蝸牛在乘涼避暑……」、「剛採收成熟的長條豆，留下種子，在來年時播種……」、「冬天到了，該是茼蒿播種期了，在舊曆過年煮火鍋，就能有自家新鮮的茼蒿可以享用……」或是「附近養豬場的豬屎，已經累積夠多，明天去載回家當堆肥，做成有機肥料……等」。我在旁聽只有頻頻點頭示意！

菜園的地，總是不夠！當稻子收割後，田也沒得閒，稻田空地當作菜畦啊！爸爸說：「灑下一大片白蘿蔔的種子吧，不需要特別照顧，就可以收成！」在露水的滋潤下，一顆顆幼苗，漸漸的長高，一段時間後，假日到田裏享受拔蘿蔔的樂趣。一大片綠油油的蘿蔔，任你喜歡拔那一顆，不過要用點力才拔的起

來！有些個頭雖然比較小，手氣不佳拔斷蘿蔔苗，會有一股刺鼻的辛辣香味撲來，讓你眼淚直流，退後三步。

住在城市裏的人，早上提著菜籃上街買菜，媽媽另有一番風趣，拿著一個水桶和一支水瓢到菜園。先用水桶裝水，一邊用水瓢澆菜，一邊挑選中意的青菜。媽媽的菜園就像一個超市：「今天想吃什麼菜，就多少採一點，自己種的菜新鮮又安心！」澆完菜，提著一水桶的青菜回家，然後坐在禾埕上慢慢挑菜。

我晚上下班後，順路回家吃飯，媽媽會特別留幾道早上剛採的青菜。媽媽陪著我坐在餐桌旁，聊著菜園有哪些菜成熟可以採收，一看見我吃得不過癮，媽媽趕快補炒一盤熱騰騰的青菜上桌！隔壁的大哥常來串門子，看見我吃得津津有味，好生羨慕，直言「吃媽媽的煮的菜，好幸福哦！」

媽媽年紀到了八十五歲，還到菜園種菜。不過心情不太好，因為大阿姨走了。每次看見那一件深藍淺白格子的小毛毯，她就難過一回。日子一久難免會失神。有次下田工作時，不慎跌倒，傷了膝蓋，那種菜不方便了。平常爸爸耕田，頂多拿鋤頭幫忙整理菜畦，對種菜不在行。我和弟弟平日上班，想想自家所需菜不多，在市場採買即可，眼看這菜畦將日漸荒蕪。但沒有想到爸爸竟然主動接手菜園的工作，並沒有讓任何一塊地浪費不種，真是令我們驚訝！

早晨和傍晚，爸爸都要去菜園巡視一番，澆澆水，採採菜回家。一些種菜技巧，譬如何時該播種什麼菜，只要媽媽稍加指點，爸爸一學就上手，菜園很快恢復昔日的榮景，自家又有多餘吃不完的菜。爸爸去大姑及小姑家串門子，會帶菜當禮物。我和姊姊們回去或有親戚來訪，他會去菜園挑些菜，讓我們帶回去。

爸爸做的起勁，但年紀已到九十歲，視力不好，倒

竹不方便，帶他去看眼科醫生。醫生說：「要做白內障手術。」爸爸回說：「這手術之後，多久可以蹲下來種菜？多久之後，可以提水澆菜？」讓醫生不知所措，連忙說：「不要急，眼睛重要，要休息一個月以上。」

三個禮拜後，稻田旁的防風林就被砍下當菜架。我跟醫生說，勸勸他吧！沒想到醫生卻回說：「我也有這樣的老爸！到了這年紀，他想做什麼，就讓他做吧！」我聽到莞爾一笑！

弟弟在下班之餘，也加入種菜的行列。菜園的面積更加擴大了，田中之家門口的田埂邊，也開始種菜了。炒菜時，要想加些蔥，九層塔等，從廚房走幾步路就可摘取。家旁的田今年輪到休耕，田中也可見幾列的菜畦。為了方便除草，田中菜畦旁還多了短柄的小鋤頭，小鏟子，這樣就不需要費力，用手去挖土。媽媽看見說：「年輕人有年輕人種菜的方法！就是要這樣，一棒接一棒，每一棒都有新花樣！」

隨著爸爸年紀大，我勸他說：「菜自己夠吃就好，不必種太多了。」爸爸回答說：「做平安。」使用客家話講，特別沉穩。我回答說：「做是為了健康，健康才會平安，很有道理。」看見媽媽、爸爸及弟弟種菜，就像是看見了青瓦房屋前，祖父母在河邊的菜園勤勞的身影。若干年後，說不定我也會加入這一行，種植幾許菜畦啊！

都是一家人

我們雖然是在空曠的田中央，獨立一戶之家，但是到了放假日，總是熱熱鬧鬧，家門口的田埂路邊停了許多車。

一大早，小姊姊就回娘家了。她像開一家水果行似的，買了好幾箱的蘋果、奇異果、葡萄等，要分享給全家族，大家全部有一份。今天她很特別早到，因為要跟媽媽學做「金桔子」！前陣子媽媽下田工作跌倒，行動不方便。小姊姊的兒子說：「這麼好吃的金桔子，一定要傳承下去！」因此，媽媽將這份好手藝，要傳給我的小姊姊。

廚房傳來陣陣催促聲，大家忙成一團！媽媽坐在椅子上，好像總司令給大夥下指導棋。首先請哇里亞動作快些，將金桔清洗乾淨！這金桔是小姊姊在山坡地親手栽種的，小姊姊說：「金桔樹使用很多有機肥料，因此果實纍纍，金桔粒粒圓滿而金黃色，特別討人喜歡。」

弟媳婦小愛在瓦斯爐起火燒水，等水滾後，要將金桔川燙。媽媽說：「川燙可以去除金桔的苦澀。」一會兒水滾了，小愛打開鍋蓋，水蒸氣佈滿了整個廚房！這時候，好像回到紅磚瓦房，媽媽在打粄時，廚房滿間熱氣瀰漫的情景！

只見小姊姊將金桔放入滾水中，看見泡泡冒出來，用鍋鏟翻動一番，等到金桔略變色，就撈起來。媽媽說：「川燙時間太久，表皮的金色亮光會轉暗，看起來比較不討喜。」

小姊姊使用另一個鐵製的炒鍋，加麥芽糖，冰糖，砂糖及加水，一起煮沸。放入川燙好的金桔，大火煮開。不停的翻攪糖漿，使其均勻的蜜住金桔。然後，再慢慢用小火煮成透明狀，讓糖漿變成濃稠。

等到一顆顆的金桔仔，經過麥芽糖醃漬後，飽滿而結實，看到口水會流出來時，小姊姊已迫不及待拿給媽媽試嚐一下，想要知道仍有「媽媽的味道嗎？」媽媽淺嚐一口，然後笑著說：「學的真像，好吃到舌頭會咬到！」馬上叫我拿個大玻璃罐：「多裝一些金桔子，拿回去給庭庭及樂樂吃！」因為我的兩個小寶貝，每天早晨起床，都要喝一杯溫開水配上一粒金桔子。尤其是樂樂，小時候有氣喘的毛病，起床就會鼻塞咳幾下。每天一杯溫金桔水，持續一年竟然症狀全沒了！

住在頭份街上的三姊，帶著全家也來湊熱鬧！三姊夫在永和山水庫旁有一大片的梯田，上游有一口池塘養雞鴨鵝，下游種植水稻，田埂邊種青菜，山坡地種植芭蕉、柚子、竹筍及橘子等。三姊夫週六日閒不下來，到山上巡視稻子，順便澆菜及整理果樹，季節到就豐收。今天三姊要回娘家，全家早早就上山去採收，總是要把載磁磚的大貨車裝滿，才肯停手。只見大貨車上面有白蘿蔔、高麗菜、結頭菜、青蔥、菜頭、芭蕉和橘子等。

三姊一邊忙著從大貨車上卸菜，一邊數說著山上今年除了種沙田柚之外，還多種蜜柚、白柚及葡萄柚，相約中秋節前，到山上作客採柚。三姊夫在搬芭蕉時，抱怨說：「山豬很貪吃，為了偷吃芭蕉不惜啃倒整棵香蕉樹！若不早點將芭蕉採收，全都會給山豬吃掉。」惹得大家哈哈笑！文說：「山豬還會挖土，山邊的麻竹筍有發新芽，山豬常不請自來，我們還沒吃到嫩竹筍，就被山豬光顧完了！」一說完，大家搶著出餿主意，想要捕捉山豬，替三姊夫打抱不平。

三姊的大媳婦阿英，手上捧著二罐的越南泡菜，忙說著「要送大舅及小舅全家嚐嚐。」小愛應聲來了，然後用越南話滔滔不絕的接著講下去，大家一頭霧水，不知她們在說什麼？原來待會兒，她們要一起下廚，做幾道拿手的越南料理，給我們開開眼界！

大姊夫也不遑多讓，開著轎車載菜來了，像似要跟三姊夫比賽種菜一般。自從退休之後，大姊夫跟隔壁鄰居租塊地，經營自家的菜園。大姊夫種菜不使用鋤頭，而是開著鬆土機，大姊夫很自信的說：「有了它，種菜不再是難事！」所以大姊夫種的菜，不但可以提供給二姊、小姊姊和我，他的兒子及女兒也常回來拿菜。

到了中午，秀廚藝的時間到了！姊姊們、小愛、阿英及哇里亞個個了得，都有拿手的好菜。大家忙裏忙外，挑菜，洗菜及煮菜，各司其職。大鍋，小鍋及瓦斯罐爐，全部派上用場，同步烹調。大家像是訓練有素的烹飪大軍，在此時顯露身手。

大姊一直是我們家的主廚，在第一線親手拿鍋鏟做烹調，多年磨出來的功力不得了，什麼樣的料理都難不倒她。特別是她滷的紅麴豬腳，口感滑溜有嚼勁，又不油膩，光是滷汁拌飯，就讓人忍不住多吃幾碗飯，深受小寶貝庭庭的喜愛。庭庭吃的很入神時，我的爸爸在旁開玩笑說：「古早時候給小孩子吃紅麴，晚上才不會尿床。」庭庭連忙自清，愛吃紅麴跟這事無關！

小姊姊常跟在媽媽及大姊旁邊學煮菜，又要負責自家工廠的三餐伙食，所以很會變花樣。特別是她的麻辣臭豆腐，自然發酵的臭豆腐，加上香菇豬腸多種配料，再用小火燉煮數小時，湯汁麻辣，小弟吃了有停不下來的涮嘴滋味！

二姊的白蘿蔔滷三層肉。二姊很惜福：「三姊夫剛才拿來的白蘿蔔，正好派上用場，先感恩他們！」她將三層肉爆香，加蒜苗，醬油，炒過再小火燜煮。滷透的菜頭，就像化在嘴裏的美味戀歌，口感可說是甜中帶柔，沒有人能夠抗據這一道美味可口的料理，連最挑嘴的小寶貝樂樂，也讚不絕口說：「只要白飯，上面澆這個醬油汁液，就可以吃飽了。」

三姊姊燉的美味鷄湯，香飄四溢，令人食指大動。三姊夫在山上有養一些放山雞，餵食天然的穀物及玉米。雞野放在山林間，活蹦亂跳覓食蚯蚓或小蟲。因此雞的肉質結實鮮美，且相黏著特多黃黃的雞油。雞肉加上紅棗及薑片，經過小火慢燉後，一鍋味道鮮美，齒頰留香的好雞湯就上桌了。

小愛和阿英要聯手做越式炸春捲。小愛忙著準備內餡，將細絞肉，混合蔥、蒜及黑木耳。阿英清洗剛從外面摘取的薄荷葉，這要充當春捲的餅皮。一切準備就緒，小愛將薄荷葉包裹肉餡，然後使用高溫油炸片刻，直到薄荷葉酥脆。阿英用檸檬、魚露、糖及小辣椒調製成酸酸甜甜的甜辣醬。酥脆的春捲沾上甜辣醬，口感清爽而不油膩，嚐過都說讚！

哇里亞來自於印尼，她會做適合台灣口味的印尼菜！因為要照顧媽媽，我們多了一位家人－哇里亞。她早晚陪媽媽散步，練習活血功，又幫忙打理三餐，整理家庭，盡心盡力融入我們的生活。有了這位好幫手，爸爸可以耕田種菜，姊弟們可以安心工作。她加入這個大家庭，也讓我們的三餐多了點南洋風味，尤其是她做的酸魚湯，特別適合我們家口味！

酸魚湯的主要食材鰹魚，來源不虞匱乏，因為二姊的兒子假日喜歡出海去釣魚，每每都滿載而歸，這讓大家都有口福。哇里亞首先將鰹魚切塊，在熱鍋裡煎成金黃色。然後加入蕃茄、高麗菜、蒜及些許辣椒爆香，慢慢地加水、檸檬汁及砂糖。等水煮滾後，她加入從家鄉寄來的一些香料，這是她的秘密武器。

喝著有一點酸甜的魚湯，又聞到迷迭香與月桂葉混合淡淡的香氣，不禁讓人折服她的烹調功力！

我們這一大家族，真是融合四面八方來的有緣人。隨著我們姊弟們，各自組成家庭，我們的下一代小寶貝們，有很多結婚也組成小家庭。每個人的伴侶，來自不同的原生家庭及文化背景，為這家族注入新希望，讓彼此的生活更加多彩多姿。

在我們的上代父執輩的觀念，因有客閩相爭的歷史因緣，對於閩南人，會有一股不友善的情懷。總是認為客家人，不想與閩南人打交道，或是有往來。若有一位客家人，他講閩南話，就好像不是自己同一夥的人。此想法，體現在男女婚嫁上，就特別有趣！

找對象時，長輩們就會特別提說：「一定要找客家人。」理由是「男的會做，女的會幫夫。」假如你認識的對象是閩南人，那就嘀咕幾句：「這麼多客家人，你為什麼不找？」長輩雖未明言反對之意，但話語帶有這味道。因此，我這一輩份，大部分的對象都是客家人。

隨著時代的變遷，閩客人都生活在這一塊土地上，彼此合作，互相幫忙，上代的觀念也隨之慢慢改變。到了我們小寶貝這一代，不管閩南人，客家人或外省人，彼此中意看對眼，就什麼多好。

台灣向來就是冒險者嚮往的地方，所以許多來自越南及印尼各地的移民，來到此地追尋新生活。我們家族很幸運，有著不同文化的家人。當他們回去家鄉時，帶來當地的特產，衣服等送跟我們當禮物。但更重要的是讓我們開眼界，認識這個多元的世界。

三百多年前，我們的祖先從廣東渡海來台，探索新生活。此地的平埔人，得羊而心喜，接納後來者，讓我們的祖先，有了安身之地。今日在這一塊土地的人，也融合各族群的人，彼此沒有先來與後到的區分。「共同生活的一群人，雖然沒有血源的關係，但彼此互相幫忙，互相尊重，就都是一家人。」

就像是羊喜人家，這個家族中的每個人，「有幸能生在同一家族，不是今世所能有，必是累世所積福報！」

後記

我的老家，在羊喜窩山下的一個村莊，是一個天然環境好且非常美麗的地方。因為高鐵興建及沿線馬路拓寬，這個村莊土地被徵收，村民都搬離這個地方。多年來，我一直想寫這個村莊，名之為「羊喜人家」的故事，想為它留下一些回憶。這一本《羊喜人家》，書名是我的媽媽給的靈感。回憶起小時候生活的點滴，讓我更感恩父母親！

這一本書要推薦序，我馬上想到啟蒙恩師鄭文鎮老師。小時候，每天早晨自修時間，老師都要提醒我「要自愛」，這句話老師至少講過一千遍。如果我有一點點這樣的習慣，也都要感謝老師不厭其煩的教導！感恩老師，畢竟寫推薦序，需要花時間及傷眼看一下內容。老師一向真情流露，樸實自然，很感恩老師！

鄭老師很謙虛的說：「寫推薦序，他實在不敢當！」要我勇敢去邀約湖口鄉的大家長林志華先生。我很驚訝的收到鄉公所主秘戴小姐的回覆：「林鄉長非常樂意，幫忙我寫推薦序！」鄉長平常公務繁忙，每天行程都匆匆忙忙的趕場，卻能抽時間對於晚輩不吝提攜，給予鼓勵，實在令我非常感佩！

工作常跟陽明交通大學電機系陳科宏教授，請教電路設計難題，陳教授經驗豐富再加上非常熱心指導，屢屢都能很順利的解決問題，讓我印象深刻。陳教授與我在同一時代成長，對於我書中所寫一些經驗與族群融合觀點十分贊同，也認同記錄文化的創作。感謝他為我寫這一段推薦序，他指導學生很多，他希望他們有文化底蘊，有大格局的站上世界舞台。

我的大學室友辛裕明教授，很高興在畢業多年之後，還能時常保持連絡。辛教授在唸書時，常是班上的前幾名，功課非常好，讓我羨慕不已，拿他為學習的榜樣。我沒有想到這本書能引起他的興趣，他說要慢慢看，才知道要怎麼寫序，我有這麼優秀的教授室友為榮。

我的當兵同袍及之前同事王繼輝先生，在事業上非常成功，跟他聊天往往有很多意外的啟發。他曾經說：「人生，要把每一天當作最後一天來活！到了這把年紀，想要做什麼，就趕快做！」他的人生，就是因為這樣而精彩萬分，是我學習的好榜樣。他平常工作繁忙，假日抽空詳讀後，幫忙我寫一段很長的序言，我很感謝他的用心！他有世界觀的格局，看事情精準的遠見，是台灣在世界舞台上能發光發熱的幕後功臣，能夠認識這麼優秀的朋友，我備感榮耀！

光磊科技總經理黃年宏先生，因為工作的關係而認識他，常說自己是創新求變的斜槓人生。他為人和善且喜歡幫助別人，平易近人的行事風格，是我學習的榜樣。對於未知事物總是抱持著一股好奇心在經營他的人生，屢屢給人驚奇！與他年紀相近，也是生長在同一時代的人，相談之後甚為投緣，邀請他寫推薦序言，爽直的答應了。

顥天光電董事長石文機先生，從基層的工程師做起，堅持且專注於光學影像的技術研發，一步一腳印發展自動化光學偵測產品。他的人生目標是讓所有的裝置長眼睛，驅動文明的進步。對於我的工作，他無私的傳授經驗，讓我甚感欽佩。他非常願意提攜後進，贊同我的寫作記錄方式，雖在工作繁忙之際，但很快就寫了一段推薦序言。

曜廷是我認識多年的老同事及老朋友，他在數位電路設計有世界之巔的水準，尤其是邏輯演算法很在行，扮演整個研發團隊的核心角色。他優秀的工作表現，讓他很年輕就從財務獨立，進階到財務自由，羨煞了同儕。他選擇早退休，多花一些時間照顧家庭，這是我們這些工程師很想做的事。我與他年紀相近，在農村長大，有許多相同的經驗，讀此書有所感。禁不起我再三誠懇的要求，他終於提筆振臂疾書，感謝他一路相挺。

新竹縣黎姓宗親會理事長黎永欽先生，為人熱心，喜歡助人！宗親會大小事，打理井井有條，深受宗親們讚賞。他個人也撰寫多本書，記錄宗親們回大陸尋根之旅的歷史。對於我花時間回憶父執輩生活點滴，他非常贊同。我邀請他寫序，他二話不說，馬上答應。永欽理事長為人就是這麼豪爽，再加上他的文筆流暢，有他的加持，讓本書更增光彩。

世界客屬總會秘書長黎原胡先生，對於新豐京兆堂的遷建，貢獻良多。從選址開始，事必親躬，京兆堂的一磚一瓦，都可見他的用心規劃。京兆堂的代表法人管理人黎傳旺先生，為人謙遜，特別推薦原胡大哥代表新豐京兆堂為本書寫推薦序，在此非常感謝他們。原胡大哥，乃為性情中人，常年在縣政府為民工作，對於宗親會事務，不餘遺力的出錢出力，值得我輩中人效法。原胡大哥乃為書香門弟之家，家中藏書頗多。歡喜願意捐贈藏書，給京兆堂圖書室收藏，供後輩子孫閱讀，無私的風範，值得敬佩！

姊弟們，是我最親的人，對我疼愛有加，也是我要邀請的對象，幫忙寫推薦序。姊弟情深，至情至性，乃是人間難得之緣。我還要特別感謝弟弟，成家立業後，一直都跟爸媽同住，在爸媽身旁幫助耕田種菜。也幫助我照顧爸媽起居讓他們能很安心歡喜在鄉下生活。

楊梅的藝術大師張凱洋老師，是我的二個小孩學畫畫的啟蒙老師。張老師一生從事繪畫創作，以印象寫實手法，畫出田野稻香，以及農耕人文景致，呈現出當代鄉村之美。特別感謝他挑選二幅畫，作為本書的封面與封底，為本書畫上美麗的色彩。也感謝我的二個小孩庭妤及昱宸，將他們的畫作當插圖。小孩的世界很純真，依靠與生俱有的直覺和想像力來繪畫，讓本書更有自然樸實的感覺。

也很感謝博客思出版社的楊容容小姐，她是住龍潭的客家人，跟我有同樣的客家血緣關係。她接到我的案子，引起她的好奇心！一個星期假日，就迫不及待的看完整本書，認真態度令人感動。她說，「看完羊喜人家後，翻攪我一天的念想，真是百感匯集！」想必她必然與我有許多相同的經歷，我只是代筆寫出來而已！對啊，這本書能夠勾起很多人相同的回憶，是對那個時代的致意。

那些美好回憶的過去，值得花時間去記錄下來，才不枉此生啊！我鼓勵一樣生活在那個時代的人，此時人生已過半，放緩自己的腳步，趁還有記憶時，整理過往記憶，寫下你的感動。當你提筆寫作的過程，如同走過人生第二片盛開櫻花林，所到之處充滿驚喜，並滿懷感恩之情！相信我這一席話，去做了，你必定會有獲！

博客思出版社的塗宇樵主編，在這一段期間，提供專業的出版經驗，很有耐心的進行三次大幅度的排版與插圖修改，讓本書內容更充實精彩！本書能夠順利的出版，很感謝她的用心。

從田中之家，開車回楊梅家，路途經湖中路時，我的良妻說：「在村莊舊址的波羅汶溪岸兩旁，種植整排的落羽松，一定美麗極了！」我回說：「是啊！也許有一天，真的會有一條美麗的落羽松大道。坐在高鐵上，也能遠遠就看到哦！」對啊！人生有夢最美，那就勇敢的去追尋「落羽松之夢」吧！

後記

國家圖書館出版品預行編目資料

羊喜人家 / 黎清勝 著
--初版-- 臺北市：博客思出版事業網：2021.09
ISBN： 978-986-0762-04-4（平裝）

863.55 110009621

現代散文 13

羊喜人家

作　　者：黎清勝
編　　輯：塗宇樵、楊容容
美　　編：塗宇樵
封面設計：塗宇樵
封面/封底插圖：張凱洋
內頁插圖：黎庭妤、黎昱宸
出 版 者：博客思出版事業網
發　　行：博客思出版事業網
地　　址：台北市中正區重慶南路1段121號8樓之14
電　　話：（02）2331-1675或（02）2331-1691
傳　　真：（02）2382-6225
E—MAIL：books5w@gmail.com或books5w@yahoo.com.tw
網路書店：http://bookstv.com.tw/
https://www.pcstore.com.tw/yesbooks/
https://shopee.tw/books5w
博客來網路書店、博客思網路書店
三民書局、金石堂書店
經　　銷：聯合發行股份有限公司
電　　話：（02）2917-8022　傳 真：（02）2915-7212
劃撥戶名：蘭臺出版社　帳號：18995335
香港代理：香港聯合零售有限公司
電　　話：（852）2150-2100　傳真：（852）2356-0735
出版日期：2021年09月 初版
定　　價：新臺幣280元整（平裝）
ISBN：978-986-0762-04-4